悪役令嬢は優雅に微笑む

音無砂月

Satsuki Otonashi

レジーナ文庫

アリス
公爵家の新人侍女。
最初はセシルに怯えて
いたが、いつの間にか彼女を
気にかけるようになる。
ブラッド
切れ者と評判の第一王子。
腹黒い性格で、
アランとは旧知の仲。
アラン
宰相の一人息子。
貴族らしからぬ気安い性格だが、
敵対するものには容赦がない。
セシルのよき理解者。
セシル
並外れた魔力を持って
生まれたため、化け物扱い
されてきた公爵令嬢。
周囲との関係改善に取り組むものの
ことごとく拒絶され、
すっかり性格が捻くれてしまった。
CHARACTER

エリュシオン
魔法師団の新人。
平民出身で、仁義を重んじるタイプ。
ルーカス
魔法師団の新人。伯爵家の
生まれで、英雄だった曾祖父を
目標にしている。
イアン
魔法師団の新人。
侯爵家の生まれで、なにかと
セシルに突っかかる。
ドミニカ
セシルの姉。
人から特別扱いされたい
傲慢で我儘な性格。
アーロン
第二王子で、セシルの婚約者。
短気な性格のため、
人の話を聞かない。
リリアン
野心家な男爵令嬢。
王妃になるべくアーロンを籠絡する。
稀少な光の魔法の使い手。

目次

悪役令嬢は優雅に微笑む　7

書き下ろし番外編
公爵夫人の後悔　331

悪役令嬢は優雅に微笑む

エスイル国に、銀色の髪に青と赤のオッドアイを持つ美少女がいた。
彼女の名前はセシル・ライナス。
ライナス公爵家の次女だ。
この国で、銀色の髪とオッドアイを持つのは彼女だけ。
それらの特徴的な容姿は、一〇〇年前にライナス公爵家に降嫁した王女と同じだった。
つまりは先祖返りのようなもの。
さらにセシルは、王女と同じ強大な魔力も有している。
それは国一つ滅ぼしてしまうほど、大きな魔力であった。

第一章　孤独

「きゃあ」

あれは、私――セシル・ライナスが一歳の時。

邸(やしき)の庭で転んだ私の膝(ひざ)からは、血が流れていた。

大した怪我ではなかったのだけれど、一歳そこそこの私にとっては大怪我に思えた。

大声を上げて泣き叫ぶ、幼い私。

すると、私の持っている魔力が暴走してしまった。

邸(やしき)の窓が割れ、大地が揺れる。

私と一緒に庭に出ていた乳母(うば)と使用人は震えあがり、その場にしゃがみ込んだ。

小さな子供が魔力を暴走させるのは珍しいことではない。

だが、この家には私の他に魔法を使える人間がいない。それはつまり、こういう事態に対して適切な対応のできる大人がいないということだった。

特に、魔力の強い子供が暴走すると危険なので、あらかじめ制御装置がつけられている。

もちろん、私にもつけられている。けれど、それはまったく役割を果たしてはいなかった。

この世界には魔力というものが存在する。

魔力は神様からのギフト。だから両親が魔力を持っていても、必ずしも子供に遺伝するわけではない。

親が魔法を使えても、子供が誰一人として魔力を持たないことも珍しくはないのだ。

それでも貴族たちは、魔法を使える子が生まれる可能性を少しでも上げようと、魔力を持った者同士を婚姻(こんいん)させたり、魔力を持つ平民を養子にして血筋に取り入れたり、たゆまぬ努力をしている。

それでも、ライナス公爵家には長く魔力を持った子が生まれず、やっと誕生した私はどういうわけか桁外(けたはず)れな魔力を有していた。

――パリンッ。

私の首につけられていた制御装置がまっぷたつに割れて落ちた。

それを見た使用人たちは恐慌状態に陥(おちい)ってしまう。

ほとんどの者が一目散に逃げ、腰が抜けてしまった者も這(は)うようにしてその場から離れた。

恐怖で動けなくなってしまった者もいた。彼らは化け物を見るような目で私を見つめる。

そんな異常な状態が私をますます不安にした。私はさらに大きな声で泣き、魔力は暴走し続ける。

誰も私には近づけなかった。

結局、この一件で邸（やしき）は半壊。怪我を負った使用人もいた。

その事実が恐怖を煽（あお）り、使用人たちは次々に辞めていくことに。

新しく雇った使用人たちも、私が魔力暴走を起こすたびに辞めていくので、誰一人長続きしなかった。

私が魔力暴走を起こすたびに、制御装置の数は増えるばかり。それでも私のこの強大な魔力を、完全に制御することはできなかった。

そうしてある日。事件が起きた。

「この化け物！　あんたなんか、私の妹でもなんでもないわ。すぐに家から出ていってよ！」

金色の髪に紫の瞳をした少女――姉のドミニカがそう言って、私を叩いたのだ。

魔力を暴走させるたびに物を壊され、次いつまた暴走するかと怯える生活に、ドミニカの我慢の限界が来たのだ。

この時、私は四歳。ドミニカは八歳だった。

ドミニカが私を叩いたことで、魔力暴走が起こることを危惧した使用人が小さな悲鳴を上げた。けれど、魔力暴走は起こらなかった。

この頃になると、幼いながらも分かっていたのだ。

自分が泣くたびに物が壊れ、使用人に怯えられることを。

それがいけないことだということも。

だから私はドレスを握り、必死に泣くのをこらえた。

するとそれに気をよくしたのか、ドミニカは吊り目で意地悪く見える顔ににんまりと笑みを浮かべて、私を突き飛ばした。

「ド、ドミニカ様っ！　これ以上はおやめください。ドミニカ様にもしものことがあったらっ……」

尻もちをついた私には目もくれず、侍女はドミニカに縋りつく。

「なによ！　この臆病者！　私はあなたたちのためを思って、この化け物をここから追い出そうとしているのよ！」

「そのお気持ちはとても嬉しゅうございます。ですがセシル様が魔力を暴走させて、ドミニカ様が怪我でもされたら――」

侍女はその先の言葉を言わなかった。彼女は言葉を呑み込んだのだ。

けれどもし続けていたとしたら、こう言っていただろう。

『私の首が飛んでしまいます』

そんな言葉、当然だけど言えるはずがない。侍女が主よりも自分の身を優先させると公言しているようなものだ。

けれどドミニカは、侍女の真意には気づかない。

「平気よ！　この化け物をさっさと追い出してしまえばいいのだから！」

そう言ってドミニカは私の髪を掴み上げた。

「痛いっ」

「ひっ」

私の訴えに、侍女は恐怖の悲鳴を上げる。

そのすべてを無視して、ドミニカは私を引きずるように階段の前に連れていった。

髪を掴まれた私は足元から続く階段を見下ろして恐怖した。

まさか、このままここから突き落とされるのではないか、と。

「やっ。いやあぁっ!!」

私は恐怖のままに叫び声を上げた。

それと同時に、自分の中から膨大な魔力が放出されていくのを感じる。

「きゃぁっ」

「ドミニカ様っ!」

ドミニカの悲鳴と侍女の悲鳴が聞こえる。

このままではいけない。そう思うものの膨れ上がった魔力を制御することはできず、私の視界は真っ黒に染まり、意識は遠のいていく。

——そのあとどうなったのかは、私には分からなかった。


「やった! クリア!」

ボブカットにした黒い髪に、黒い瞳。胸はちょこんとした膨らみがあるのがかろうじて分かるぐらい小さい。

少女? いや、幼く見えるけれど、年齢は多分十五歳だったはず。

ん？　はず？

その少女が手に持っているのはゲーム機だ。

ああ、そうか。思い出した。あれは前世の私だ。

そしてあれは、私が当時はまっていた『男爵令嬢リリアンの恋物語』という乙女ゲーム。

様々な攻略対象がいて、リリアンが攻略対象と恋に落ちて幸せになっていくストーリーだった。リリアンは国で唯一の光の魔法の使い手で、怪我や病を癒やす力を持っている。

そんなリリアンの恋路を邪魔するライバルは、悪役令嬢セシル・ライナス。

セシルは自身の魔力をよく暴走させては、人に怪我をさせていた。大きすぎる魔力を自分でも制御できず、感情の起伏に左右されて暴走させてしまうのだ。

そのせいでみんなから嫌われ、怖がられていた。

そんなセシルの婚約者候補である攻略対象たちは彼女を嫌い、心優しいリリアンに惹かれていく。

当然だけど、悪役令嬢セシルは誰とも婚約できず、その末路は誰もが納得のいくざまぁ展開だった。

前世の記憶があまり鮮明ではないため、自分が誰を攻略したのかとか、攻略対象が誰なのかとかはあまり覚えていない。

あれ？　そういえば前世の私はどうして死んだんだろう？

暗い世界に意識を集中させる。

ああ、そうだ。通り魔に殺されたんだ。雨の日、ナイフで腹部を複数回刺されて。

犯人は緑のレインコートを被った、多分女だ。とても華奢だったし。

雨に混じって流れていく血を見て、人の血は思っていたよりも毒々しい色をしているとぼんやり考えていた。

感覚が麻痺していたのか、不思議と痛みは感じなかった。

ただ、体温が徐々に奪われていく感覚だけが、ぼんやりとした意識の中に残っていた。

「……寒い」

そう言って、私の意識は暗い闇の中に溶けていったのだった。

目が覚めたら、そこはベッドの上だった。辺りはすでに薄暗くなっていたので、私は照明の魔道具を使って部屋を照らす。

魔道具は魔力を持った人間が作った道具で、こういった明かりから、音声や映像を録音したり再生したりするものまで様々な種類があって、それらは魔力がない者でも使えるように作られている。

私は照明の魔道具で照らされた部屋を見た。

見慣れた天井。私の名前はセシル・ライナス。ここは私の部屋。私は今、自分のベッドの上に寝かされている。

体が重い。とてもだるくて、指を動かすのさえ億劫だ。

「あれは夢？　ううん。違う。前世の記憶を見ていたんだ。私は、セシル・ライナス。『男爵令嬢リリアンの恋物語』に出てくる悪役令嬢。みんなの嫌われ者。ヒロインが幸せになるためだけに用意された、ただの当て馬」

自分の立場を自覚すると、ははは っと乾いた声が漏れた。

目からはいくつものしずくが零れる。

しばらくして、医者が私の様子を見に来た。

どうやら私は、一気に魔力を放出しすぎたせいで気を失ったらしい。強い魔力を使うことに私の体力が追いついていないから、体に負荷がかかったのだと医者に説明された。

姉のドミニカは、私の魔力暴走に巻き込まれたらしい。

幸い、頭にたんこぶといくつかの擦り傷、背中に青あざができた程度ですんだと言うが、普通ならあり得ないことだ。死んでいてもおかしくはなかった。

現に私と姉がいた階段は半壊したという。今、業者を呼んで修繕してもらっているところらしい。

最悪。最低。バカ。

魔力を暴走させて家を壊すなんて。修繕費はいくらだろう? きっと、とても高いんだろうな。

家は壊すし、姉に怪我はさせるし。最低だ、私。

こんな私を――セシル・ライナスをみんなが怖がるのは仕方がないのかもしれない。

前世の記憶が戻った影響なのか、私は自分の行いを客観的に見ることができた。

だから、自分がどれだけ最低なことをしたのかが分かる。

一歩間違えば、私は人を殺していた。

無意識に私は腹部に手を当てる。前世のことのはずなのに、ナイフが体内に無理やり侵入してくる不快感がまだ残っているように感じられた。

来ない明日は確かにある。私自身が身をもって知っている。

でも、奪っていい明日も、奪われていい明日もないのだ。

なんとかしなければいけない。

このままでは、私は魔力で相手を脅し、人を傷つける悪役令嬢になってしまう。そんなのは嫌だ。

けれどこの事件のせいで使用人はより一層私を怖がり、母は私を親の仇（かたき）でも見るかのごとく睨（にら）みつけるようになった。

数日は私のことを怖がり、避けていたドミニカも、今まで以上に私のことを嫌って辛く当たってくる。

これは非常にまずいような気がする。

ゲームの中のセシルも、今の私と同様、家族にも使用人にも嫌われていた。強大な魔力のせいで孤独で、味方なんていなかった。

だからどんどん性格が捻（ひね）くれていったのだ。

でも、ゲームの中のセシルと違って私には前世の記憶があるから、たとえ周囲から嫌われていてもセシルと同じことをしなければ人並みの人生は送れるんじゃないかと思う。

そう考えた私は、周囲の人間との関係改善に奔走（ほんそう）した。

まずは手近な侍女たちからだ。

本来ならあり得ないことだけど、私には専属侍女がいない。日替わりの当番制だ。

侍女たちが私を恐れているからなのだが、自分が無害だと示すためには多くの人と関わる必要があるので好都合だった。

「ミ、ミリリア。その……お茶をお願いできる？」

部屋の掃除を終えてさっさと出ていこうとした侍女の一人、ミリリアに声をかける。

たったこれだけのことに、めちゃくちゃ緊張してしまった。

呼ばれたミリリアは、びくりと体を強張（こわば）らせる。その他の侍女はこれ幸いとそそくさと出ていった。

「あ、あの、ミリリア」

再度呼びかけると、ミリリアは諦（あきら）めたように嘆息（たんそく）し、お茶の準備を始めた。

大丈夫。傷ついてなんかいない。最初はこんなものだ。まだ始めたばかりなのだから。

「あ、ありがとう。ミリリア」

「いいえ。それでは失礼いたします」

お茶を淹（い）れて、はい終わり。

彼女はそそくさと部屋を出ていった。

これ以上は引き止めるな、と彼女の背中が言っている。

普通お茶を淹（い）れたら、侍女の一人ぐらいは部屋で待機しているものだ。必要に応じてお茶のおかわりを淹（い）れないといけないから、私が飲み終わるまではいてくれると思っていた。どうやら甘かったらしい。

「もう少し話ができると思っていたんだけどな」

淹れられた熱々のお茶を口に含む。

温かな液体が喉を通って、全身を巡っていく。渇いていた喉は潤い、緊張で凝り固まった体は解れていった。でも心には、少しずつなにかが凝り固まっていくような不快感があった。

私は首を左右に振り、心を支配しようとやってくるどす黒い感情をどこかへ追いやる。

「次だ、次」

侍女が私の部屋に来るのは一日一回。部屋の掃除をしにくる時だけだ。

それ以外は呼ばない限り来ない。

「呼ぶのはやめたほうがいいかな。迷惑がるだろうし。でも……」

私の机の上には、侍女を呼ぶための呼び鈴があった。

拒絶されるのは怖い。でも、なにもしなければなにも変わらない。でも……

ずっとその繰り返しだ。そんな自分がいい加減嫌になるのだが、どうしようもない。

「私、前世でもあまりコミュニケーションが得意じゃなかったんだよね。それなりに友達はいたけど」

侍女を呼び出すにしても、なにか用事がないとダメだ。どんな用事を言いつけよう？

ついでに会話ができるようなものがいいのだけど……

「ダメだぁ」

呼び出す理由もなく、なにを話せばいいのかも分からない。

私は机に突っ伏し、頭を抱えた。

「お茶はさっき頼んだし、掃除はしてもらった。貴族の令嬢って、それ以外侍女にどんな用事を頼むんだろう」

そこから!? ってツッコまれるような悩み方だけど、前世の私は一般庶民。

当然、家に使用人なんていなかったし、転生した今も自分から積極的に侍女を呼んだりはしなかった。

誰かと同じ空間にいるよりかは、一人のほうが好きなんだよね。そこは前世の私と変わらない。

「悪役令嬢のセシル・ライナスは侍女を呼びつけたりはしなかったんだろうか？」

ゲームは基本的にヒロインが出てきてからのお話。だからセシルの過去なんて、昔から魔力が強くて、みんなに怖がられていたってことぐらいしか知らないんだよね。

家族でセシル以外に魔力を持っている人はいなかったから、彼女は余計に家族に怖がられて、孤独だったんだろうな。

ゲームをしていた時は、セシルって嫌な奴だって思っていた。けれど今は彼女の境遇に同情するよ。

「やめよ。考えても埒が明かないし。気分転換に庭にでも出ようかな」

呼び鈴と睨み合うこと一時間。諦めようと思ったところでピンときた。

貴族の令嬢なら、一人で庭を散歩したりしない。侍女が最低でも二人はついてくるはずだ。それに、散歩の途中で話もできるんじゃないか。

「最初だし、天気の話とかからでいいよね。『いい天気だね』とか『庭の花が綺麗』とか『あれはなんの花?』とか。それでいいよね。よし」

善は急げだ。私はさっそく呼び鈴を鳴らした。

「………………あれ?」

もう一回鳴らしてみる。リリリンと綺麗な音色が響き渡った。

「………………誰も来ない」

この呼び鈴って、部屋の隣にある待機室にいる侍女や、部屋の外で待機している侍女を呼ぶためのものだもの。

もしかしてと思い、隣の待機室を覗いたらもぬけの殻だった。

そりゃあ確かに私の侍女は当番制で、専属ではないけど。それでも当番になったのなら、せめて一人ぐらいは待機室にいてくれてもいいじゃない。

呼んでも来ないんだったら、私のさっきまでの悩みはなんだったの？　まったくもって時間の無駄じゃん。悶え死にそうなほど恥ずかしい。

「仕方がない」

私は侍女の休憩室に行くことにした。

彼女たちのシフトは知らないけど、誰か一人ぐらいはいるだろう。少なくとも今日、私の担当になっている人たちはいるはずだ。

そもそも令嬢つきの侍女というのは、仕えている令嬢の命令を遂行する以外に仕事はない。

それを考えると、待機室にすらいないなんて怠惰じゃないか。公爵家なのに、随分と質の悪い侍女を雇っているんだな。

少し腹を立てながら、私は侍女の休憩室へ行った。すると――

「嫌ね、セシル様の侍女なんて。早く専属侍女を決めればいいのに」

「あら。でも楽じゃない。セシル様ってなにも用をおっしゃらないから。こうやって座っているだけでお給金が出るのよ」

「なら、あなたがやればいいじゃない。専属侍女」

「いやぁよ。命あっての物種って言うじゃない。この前なんか、実の姉であるドミニカ様を殺そうとしたのよ」

ほんの少し開いた休憩室のドアから聞こえてくる侍女たちの会話。

ドミニカを殺そうとしたと、侍女の一人が言った。

確かに、一歩間違えれば殺していたかもしれない。でも、殺意はなかった。

ドアの外に私がいることを知らない侍女たちは会話を続ける。

「でも今日は嫌な予感がするわ」

そう言ったのはミリリアだ。

「さっき、珍しくセシル様にお茶を頼まれちゃったし」

「ああ。あれは肝(きも)が冷えたわ」

なぜ⁉　お茶を頼んだだけじゃない！

叫びたくなったのを、口を手で押さえることで耐えた。

「ひどいわ！　みんな私を置いていくんだもの！」

「仕方がないでしょう。あんただって立場が逆だったらそうしたでしょうが」

「そりゃあ、まあね」

「ほらね。誰も責められないでしょう。自分が大事なのよ」

心が少しずつ冷えていく。私はなにもしないほうがいいのだろうか。そのほうがみんなにとってありがたいんだろうか。

そもそも、関係改善なんてもう無理なんじゃないか。

「いや、弱気になるな。まだ始めたばかりなんだから、仕方がない。きっと少しずつ、変わっていけるはず」

自分にそう言い聞かせながら、私は踵を返した。

「きょ、今日はやめておこう。あ、明日にしよう。うん。そうしよう。初めから飛ばしすぎるのはよくないよね」

自分が逃げているのは分かった。でも、どうしてもあと一歩が踏み出せなかったのだ。

こんな私を意気地なしだと笑う奴がいるのなら、同じ立場に立ってやってみてくれ。

私は誰に対するものか分からない怒りを心の中でぶつけた。

翌日。私は決めた通り、庭の散歩をしていた。

昨日のことがあったから、侍女の休憩室まで行く勇気はなかった。

だって、また私の悪口とか言われていたら嫌だし。そういうのは知らぬが仏と言うでしょう。

だから、昨日と同じように掃除を終えた侍女を捕まえてお願いした。侍女は顔を引きつらせてはいたものの、自分の職責を忘れてはいないようだ。

日よけ用の傘を用意してくれて、一緒に庭へ出た。

よし、まずは第一段階クリア。

「いい天気ね」

「そうでございますね」

か、会話が続かない。

侍女に会話をする気がないので仕方がないのかもしれないけど。

「庭を散歩することなんてなかったから分からなかったけど、たくさんのお花が植えられているのね」

「はい」

会話終了。頑張れ、私。

「お、お母様の指示で？」

「こちらは旦那様がドミニカ様のために作られた庭です」

「……そう。お母様の庭もあるの？」

「ございます」

「……私のは？」

「ございません」

だよね。分かってはいたけど、そんなきっぱり言わなくてもいいのに。もう少しオブラートに包むとかしてくれてもいいじゃない。

「お嬢様用のお庭が欲しければ、旦那様におっしゃってください」

黙ってしまった私を見て、なにかを勘違いした侍女が提案した。別に庭が欲しいわけじゃないけど。

「お父様に？」

「どのような庭が欲しいか構想をお伝えすれば、その通りのお庭をご用意してくださるかもしれません」

〝かも〟なんだ。

それに、自発的に動かないとダメなんだね。

いいな。お母様もお姉様も庭をプレゼントされて。

私は庭が欲しいわけじゃない。ただ「セシルのために」と言ってくれるのなら、私はそこら辺に転がっている小石だって一生大事にするのに。

でも、おねだりか……。ハードルがちょっと高いけど、親子のコミュニケーションを取る際には有効な手段のはず。

「ありがとう。頼んでみる」

春先とはいえまだ冷える。そのため、庭の散歩は早めに切り上げて、私はお父様のいる書斎へ向かった。

ドアの前に着くと、心臓がどくどくと高鳴る。

心臓の動きについていけず、全速力で走ったあとのように体がガクガクと震えている気がした。

私は緊張を解して気持ちを落ち着かせるために深呼吸をする。

よし、と心の中で気合いを入れてドアをノック。

すぐにお父様専属の執事がドアを開けてくれた。

執事は私を見て目を見開き、固まってしまう。それほど私が予想外の客だったのだろう。

彼は私にそのまま待つように言って、一旦書斎の中へ戻った。それからすぐドアは開けられ、私は促されるまま書斎へ入る。

初めて入った書斎には四方を囲むように本棚があり、たくさんの本で埋め尽くされていた。背表紙にさっと目を通すと、すべて仕事関係の資料であることが分かる。

「なんの用だ」

生きた人間の言葉とは思えないほど、温度のない言葉だった。眉間には深い皺が刻まれており、目は獲物を射殺すような鋭さがあった。

これが父親が娘に見せる視線なのだろうか。

やっぱりやめておこうかな。

我儘を言うなって怒られるかもしれないし。

別に本当に庭が欲しいわけじゃないし。

「用がないのなら、さっさと出ていけ。私は仕事で忙しい」

「えっ……えっと」

どうしよう。ああっ！　もう！　悩むな。ここまで来たのにぐだぐだ考えたって仕方がないでしょう！　女は度胸！

「実はお願いがありまして」

「お願い？」

ぴくりとお父様の眉が上がった。硬質な声に、私の体も自然と強張る。

私は声が掠れないようにもう一度深呼吸をして、お父様を見据える。

「お、お庭が欲しいんです。わ、私専用の。……あ、あの、小さいので構いません。お母様やお姉様のような豪華な庭じゃなくて、その、質素で構いませんから。ダ、ダメでしょうか?」

お父様の眉間の皺(しわ)がさらに深くなるのを見て、私は自分の失敗を悟った。

ここから、どんな庭だとか、なぜ欲しいのかだとか聞かれて会話できればと思ったけど、ダメだ。完全にお父様の機嫌を損ねた。

「お前が先日壊した邸(やしき)の修繕(しゅうぜん)に、どれだけの費用がかかっていると思っている」

「……申し訳ありません」

「にもかかわらずさらに庭が欲しいだと? 我儘(わがまま)も大概にしろ」

初めての我儘(わがまま)だったんだけど……という言葉はかろうじて呑み込んだ。

「先ほど、庭に出ていたな」

お父様の後ろの窓からは、ちょうど私が散歩をしていた庭が見える。

「お前のせいでドミニカが怪我をしたというのに、呑気(のんき)なものだな」

怪我って、たんこぶ程度じゃないか。

いや、確かに大小かかわらず、人に怪我をさせるのは悪いことだけど。でも……

「お、お言葉ですが、あれはお姉様が私を階段から突き落とそうとしたため——」

「黙れっ!」

部屋中に響いた怒号(どごう)に、私は口を閉ざす。

「魔力で姉を脅したばかりか、罪を捏造するのか」

はい？　なんでそうなるの？

脅したわけじゃない。確かに魔力を暴走させたけど、意図していたわけじゃないのに。

けれどそんな言い訳は、お父様の冷たい目が怖くて言えなかった。

「姉のドミニカは心優しく育ったというのに。お前という奴はどこまでも醜く、浅ましいな。しばらく自室で謹慎していろ。お前の顔は当分見たくない」

そう冷たく言い放たれて、私は逃げるように書斎を飛び出した。

セシル・ライナスは『男爵令嬢リリアンの恋物語』に出てくる悪役令嬢。

リリアンが幸せになるための、彼女が愛されるための踏み台でしかない。

この世界に、私の幸せはないのかもしれない。

「もう、いや。こんなところにいたくない。お父さんとお母さんに会いたい」

前世の両親を思い出して、目から涙が零れた。

流れる涙は温かいのに、心も体もどんどん冷えていく。

前世の自分は、普通の家庭の子供だった。お父さんも、お母さんもいた。

仲はよかったけれど、たまに喧嘩をする。

だってお母さん、口うるさいんだもん。「うるさい」とか「嫌い」とか言ったこともあったけど、本気じゃなかった。

どんなに喧嘩をしても、どんなにひどい言葉を言っても、そこには絶対的な安心があったから。

あそこは、温度のある人間の住まう世界だった。


「……朝？　あのまま、寝ちゃってたんだ」

夕食を食べ損ねてしまった。でも、誰も呼びに来てはくれなかったな。

見慣れた天井、見慣れた部屋で、私は乾いた笑みを零す。

目を閉じるたびに思う。

全部、私が見ている嫌な夢だったら、と。

私はいつものように乙女ゲームをしすぎて、寝不足で、きっとゲームをしたまま寝落ちしてしまったのだろう。だから変な夢を見ているのだ。

朝が来て目を覚ますと、狭い部屋のベッドの上にいるに違いない。勉強机と本棚がまず視界に入って、階下からはお母さんの「早く起きなさい、遅刻するわよ」とちょっと苛立ちの籠った声が聞こえてくる。私は「朝からうるさいなぁ」と文句を言いながら、怠い体を起こしてリビングに下りていくのだ。

そんなふうに、当たり前の日常が始まるに違いない。

ぜーんぶ、夢でした。なんて、どこの三文小説だよ。きっとクレーム殺到。私だってそんな夢オチの小説読まされたら「はぁ？　ふざけんな」って思うよ。

でも、そんな希望を何度も抱いたんだ。

だけど、これが現実。

私は最低限の家具だけが置かれた、前世の生活では考えられないほど広い部屋を見て、現実を噛みしめる。

今はこの寒々しい部屋が、私のいるべき場所なのだ。たとえ、誰にも望まれていないとしても。

それから数日、私はお父様に命じられた通り、部屋で謹慎することに。

その間も、掃除に来てくれる侍女たちと何度か話をしようとしてみた。

けれど結果は同じ。

侍女たちは私を遠巻きにするばかりだし、謹慎が解けてお母様と話をしに行ったら、睨みつけられて出ていけと怒鳴られた。

そうして私は悟ったのだ。

――もう、無理だ。自分の考えが甘かった。修復不可能なのだ。

ここ最近、お母様とお姉様には会えてすらいない。きっと私を避けているんだろう。

もういいじゃないか。両親も姉も、もともとこちらからお近づきになりたいタイプじゃないし、清々する。

こうして四歳のある日、私は愛される努力を放棄した。

それから時は流れ、私が六歳、ドミニカが十歳になった冬のこと。

その日は特別寒い日だった。

ライナス家にもう一つの命が誕生した。

生まれたのは女の子で、名前はヴィアンカ。彼女も他の家族と同様、魔力を持たない子供だった。

男の子ではなかったから、ライナス公爵家はきっとドミニカが婿(むこ)養子をとって継ぐことになるのだろう。ヴィアンカはどこかの良家に嫁入りするに違いない。

とすると、私はどうなるだろう？

お父様が私の将来のことまで考えているはずがない。

この国では女は家を継げないし、貴族令嬢が働ける場所もほとんどないと言っていい。一応武官になって騎士団に入るか、文官になって政治に携わる女性もいないことはないけれど、決して開かれた門ではないのだ。

となると、別の貴族の家へ嫁ぐしか生きる道はないのだが、普通に嫁ぐには私の魔力は大きすぎる。

本当かどうかは知らないけど、国一つ滅ぼせるぐらいの魔力なのだとか。

そんな私を、いったい誰がもらってくれるというのだろう。

となると、自立して働くしかない。

誰にも邪魔されず、反対されずに家を出て自立するにはどうしたらいいだろうか。

「働くとしたら、魔力を生かす仕事がいいよね。そうなると、魔法師団とかかな」

この国で魔力を生かした職業といえば、魔道具を開発する技術者になるか、魔法で戦う騎士――魔法師になるかだ。

私になにかを開発できるほどの発想力はない。それに、技術者の世界は完全な男社会だ。貴族令嬢が技術者になるなんて前例がない。

そうなると魔法師団に入るのが妥当だろう。

そうでなくてもこれほどの魔力を持っているのだ。どうせ戦争が始まったら戦場に駆り出されるんだろうし。

それに、魔法師団にはかつて王妃様が所属していたことがある。

貴族学園を卒業してから王太子妃になるまでの二年間、彼女は魔法師として働いていたのだ。

技術者の世界と同様に魔法師団も男社会だけど、前例があるほうがいくらかましだろう。

「私の魔力なら試験は余裕でクリアできるよね。問題は魔法に関する知識があまりないことと、体力か……」

侍女が常時ついているわけじゃないから、こっそり体力づくりをすることはできる。

魔法の知識も、幸い図書室が邸内にあるし、あそこになら基礎魔法に関する本も置いてある。

「うん。なんとかなりそう」

ヴィアンカが生まれて、ますますこの家に私の居場所はなくなるに違いない。

ドミニカが婿を取って、ヴィアンカに縁談が持ち上がる前に――

「さっさとこんな家出て自立しよう」

それから私は、魔法についての知識を得るため、邸の図書室にある本を読み漁った。

足りない情報は、領内にある図書館から借りてきた本で補うことに。

前世を思い出したゆえのチートか、家庭教師などいなくても文字の読み書きには苦労しなかった。

私が邸から出ることをあまりよしとしない両親だけど、図書館は徒歩でも行けるぐらい近くなので、一時間以内に戻ると言えば許可が下りた。

そうして得た知識によれば、魔力を持った子供はある程度意思疎通ができる年齢になると、魔力の制御の仕方を学ぶらしい。

制御の方法を学ぶことで、魔力暴走をだんだん起こしにくくなっていくのだとか。

個人差はあるものの、だいたい二歳くらいから魔力制御の訓練を始め、四歳になる頃にはほとんど暴走しなくなるという。

けれど私は家庭教師すらつけてもらえなかったので、そんなことまったく知らなかった。

もし私が魔力制御の方法を教えてもらっていたら、姉を傷つけることもなかったかも……

それに魔力があるからといって、魔法が使えるわけではないことも分かった。魔法を発動するには詠唱が必要で、正しい知識と訓練によって使えるようになるものらしい。

きっと両親は、私が知識をつけると、魔法の脅威が自分たちに向かうと恐れていたのだろう。だから私に魔力の扱い方を学ばせなかったのだ。

そこで私は、手始めに自分の魔力を制御するための訓練を始めた。

「えーっと、まずは自分の体の中に巡る魔力を感じないといけないのか。目を閉じて、精神統一ね」

私は魔法の実践書に書かれてある通り目を閉じた。

外の音をシャットダウンして、自分の内にある音に耳を傾ける。

心臓の音、血液が体内を巡る音。

すると少しずつだけど、自分の体内にある魔力が高まっていくのを感じた。

パリンッ。

「あっ」

近くにあった花瓶(かびん)が割れてしまった。

集中するあまり、魔力を高めすぎたようだ。

もう一度実践書に目をやり、注意事項を確認する。

「落ち着いて。魔力を制御するためには、一度魔力を高めてみて、それを抑え込むようなイメージでコントロールする。よし」

今度こそ、と目を閉じると、ドアが開く音がした。

「なにしているの？」

ドミニカだ。ノックもなしに勝手に部屋のドアを開けるなんて。

ドミニカは私が読んでいる本と割れた花瓶を見て、眉間に皺を寄せた。

なんか嫌な予感がするなと思ったら、ドミニカが「お母様！」と大声を出して走っていった。

すぐにお母様がドミニカと一緒に私の部屋へ入ってくる。

お母様は割れた花瓶を見るや否や、ずかずかと近づいてきて私の頬を叩こうとした。

けれど寸前で思いとどまる。

「なにをしているの、セシル」

「なにって……」

「その割れた花瓶はなに？」

「落としました」

平然と嘘をつく私を見て、お母様の顔がさらに険しくなる。

「魔力を使ったのね」

答えない私を、お母様はさらに追及する。

「魔法で花瓶を割ってみせて、それで私たちを脅すの？」

「どういう意味ですか？」

「なんでもあなたの思い通りになると思わないで」

「そのような傲慢な考えを持った覚えはありません」

「白々しい」

お母様は椅子に座ったままの私を憎々しげに見下ろす。

お母様の後ろには、怒られる私を見て優越の笑みを浮かべるドミニカの姿があった。

私は四歳の時に魔力を暴走させて以来、大した事件は起こしていない。だからお母様たちは、私の強大な魔力に対する恐怖心を忘れているのかもしれない。

そうとしか思えない、挑発的な態度だ。

「私は魔力暴走を起こさないようにするために、魔力を制御する訓練をしていただけです。脅すなら、あなた方の前で魔力を使っています」

「嘘をおっしゃい！　だったらなぜ、割れた花瓶をわざわざドミニカに見せる必要があるの！　見せつけて、脅しているのでしょう。ドミニカはあなたに怪我をさせられた過去があるのよ！　だから普通の人より、魔法に対する恐怖心が強いの。それを知っていて――」

感情が爆発する寸前なんだろう。あまりにも気が高ぶって言葉が出なくなってしまったのか、お母様は急に黙り込んだ。

でも、目には憎しみを込めて私を見つめる。

私の心がどんどん凍っていく。

この人にはなにを言ってもダメなんだ。言葉は通じない。

だって、同じ生き物ですらないから。

彼女たちは人間。私は化け物。

そんな認識なんだろう、彼女たちの中では。

「私を責める前に、十歳にもなって人の部屋に入る時にノックもできないお姉様を責めてはいかがですか」

私はお母様の後ろにいるドミニカを鼻で笑った。

ドミニカの頬が一気に赤くなる。

「かわいそうに。十歳にもなって礼儀作法が身についていないなんて」

「身についているわよ！　あなたと違って。私には見込みがあるから家庭教師だってついているわ。頭が悪いせいで、家庭教師も雇ってもらえないあなたとは違うんだから！」

お母様の後ろから私を怒鳴りつけるドミニカ。

「セシル、あなたはそうやって人を貶めることしかできないのね」

怒るドミニカをなだめながら、お母様が私に軽蔑の眼差しを向ける。

「申し訳ありません。なにせ、人を貶めようとする人しか周りにいないもので」

「その減らず口を閉じなさい！　自分の姉だけでは飽き足らず、家族全員を侮辱するというの!?　あなたには人の心がないのですか!?」

その一言で、私の心はぴきっと完全に凍りついた。

自分の体内を巡る魔力が高まっているのを感じる。

部屋の温度が下がる。暖炉の火が消え、窓や床、壁、ドアが凍りついていく。

お母様とドミニカの吐く息が白くなる。

でも、大丈夫。魔力は暴走していない。

さっきの魔力を制御する練習が功を奏したのだろう。

私は理性を保ちながら、自分の体から滲み出る魔力に集中する。

暴走はさせない。でも、相手をビビらせるぐらいの魔力を放出していった。

「人の心？　生憎、分かりませんね」

私はあえて相手をバカにするような笑みを作る。

「だって私は人ではないんですもの。私を化け物と呼んだのは、他ならぬあなた方ではありませんか？　ねぇ、お母様。どうして化け物である私が、人の心を理解しないといけないんですか？　教えてくださいませ、お母様」

恐怖のせいか寒さのせいか、二人とも歯の根が合わず、ガチガチと不快な音を立てている。

「出ていってください。勉強の邪魔です」

私は放出していた魔力を一気に内側に収めた。

魔力による威圧がなくなり空気が戻ると、二人は逃げるように私の部屋から出ていった。私はその様子を見て声を上げて笑った。

「あはははは。ざまぁ。あはははは、はは……」

声を上げて笑ってみても、ちっともおかしくはない。

あんなにいきり立っていた二人がしっぽをまいて逃げていく姿は、とても滑稽（こっけい）だったはずなのに。

私は机の上に開いたままだった本を手に取り、勉強を再開した。

その夜、私のところにお父様の執事が来て、罰として食事抜きを告げられた。

当然だけど、先ほどのことはお父様に報告が上がったらしい。

これで私が怒って魔力を暴走させたら、とか考えないんだろうか。本当に我が家族ながら頭の足りない人たちだ。

それとも心のどこかで、この程度のことでは暴走しないと考えているのだろうか。だからこそ、ここまで冷遇するとか？

いずれにしても、もはやお互いに歩み寄る道は残されていないのだった。

◇　◇　◇

前世の記憶を思い出してから早八年。私は十二歳になった。

ここ二年ほどはドミニカが貴族学園に通っていたため、私は誰にも勉強の邪魔をされることなく、とても快適な生活を送っている。

頑張って勉強したおかげで、今や魔力制御は完璧。魔力制御装置も外されて実に解放的だ。

それだけでなく、私は独自のやり方で魔力を操(あやつ)り、詠唱なしで魔法を使う術(すべ)を会得(えとく)していた。

魔力を自在に操れるようになった私は、自分の魔力がいかに強大か自然と理解するようになった。確かに、国を一つ滅ぼすくらいできそうだ。

魔法の勉強だけでなく、貴族令嬢としてのマナーもきちんと身につけた。

本を読むだけで分からないところは、お母様やドミニカたちをこっそり観察。前世で読んでいたファンタジー小説や、乙女ゲームも参考にした。

今では結構、様になっていると自分でも思う。

「お母様、わたくし新しいドレスが欲しいですわ」

家族全員で食事をしている時、ドミニカがそう言った。

食事中の会話はマナー違反だ。でも、ドミニカはそんなことは気にしない。

両親も咎めず、お父様は何事もなかったかのように黙々と食事を続ける。

「いいわよ。たくさん買いましょうね」

「本当!?　お母様、大好き」

上機嫌にはしゃぐドミニカ。そんな彼女をお母様はとても愛おしそうに見つめる。

ドミニカは先日、大量の宝石とドレスを買ってもらったばっかりだ。けれど明日には商人が高価なドレスをたくさん持って公爵邸を訪ねるのだろう。

「お母様、私も欲しい」

ドミニカに触発されて、三女ヴィアンカもドレスをねだる。それにお母様が否と言う理由はない。

「ええ！　もちろんよ、ヴィアンカ」

「やったぁ！　お母様、ありがとうございます」

ドミニカとヴィアンカはどんなドレスを買うかなどを、楽しそうに話し合っている。

その様子を、お母様は愛おしそうに眺めていた。

彼女たちの様子に呆れながら、私は誰にもなにも告げずに自室に戻った。そのことに気づいた者はいないだろう。

一人、部屋に戻った私は自分で寝る支度をする。

ここは公爵家。使用人は大勢いるけれど、私には相変わらず専属侍女はいない。

家族からも避けられているため、私は家の中で放置されていた。

昔は愛されようと奮闘したけど、それが無駄だったってことは理解している。いや、理解させられたのかな、何度も何度も辛く当たられて。

けれど悪いことばかりではない。誰からも必要とされないのは楽でもある。だって、嫌われないように気を遣う必要がないから。

それに、もしなにかの拍子に魔力暴走を起こしてしまった時に、近くに誰もいなければ怪我をさせずにすむし。

さて、寝る準備はできた。

でもすぐに寝ることはせず、私はベッドサイドに置いている本を手に取った。

翌日、公爵邸はなんだか騒がしかった。

どうやらドミニカが庭でお茶会を開催するようだ。

そろそろ蒸し暑い夏がやってくるのに、庭でお茶会なんてご苦労なことだと、準備に慌ただしく駆けまわる使用人やドミニカを見て思った。

その日の夜。私の部屋に入ってきたドミニカは自慢げに教えてくれた。

「今日ね、ミルドレット公爵家のご子息に会ったのよ」

ドミニカはノックもせずに扉を開け、ずかずかと部屋に入ってきて、読書をしていた私から本を取り上げる。

その行動に、一緒に部屋に入ってきた彼女の侍女がひっと悲鳴を上げる。それから侍女は、自分の安全を確保するかのように数歩後ろに下がった。

そんな侍女の様子には気づかず、ドミニカは自慢げに口を開く。

「彼ね、私に好意を持っているみたいなの」

「うふふ」と笑うドミニカを見て、気持ちの悪い笑みだと思った。

「当然よね。だって、私は可愛いもの」

ドミニカは自信満々に言う。

彼女は決して太っているわけではないものの、他の貴族令嬢に比べればやや太めな体形をしている。

けれどお母様はいつもドミニカのことを「世界一可愛い」と言っていた。「あなたたちもそう思うわよね」とお母様に同意を求められれば、否と言う使用人はいない。みんな一様に「そうだ」と言って褒めるので、ドミニカの中には根拠のない自信が出来上がっているのだ。

そんなドミニカを見て、私は心の中で『井の中の蛙大海を知らず。実に幸せなことだ』と皮肉った。

「他の方たちもね、私のことをちらちらと見ていらっしゃったわ。魔力しか取り柄のないあなたと違って、私は容姿も頭もいい。家柄もいいし、あなたと違って野蛮でもないから、きっと引く手数多ね」

それからドミニカは、連日お茶会をしては私の部屋へやってきて自慢話をするようになった。自分はモテるのだ、お前とは違うのだと。

　実にくだらないことなので、私は相手にすらしなかった。

　この時ドミニカは十六歳。

　そろそろ婚約者を決めなければと、焦り始める年齢だった。


　そんなある日。なにを思ったのか、ドミニカがまたくだらないことを言い出した。

「お母様、お父様。セシルをお茶会に参加させてはダメでしょうか?」

　いつものように食事中にもかかわらず、ドミニカは両親に話しかける。それを聞いた二人の顔は強張(こわば)っていた。

「それはできない」

　お父様はにべもなく答える。さすがのお母様も困ったような笑みを浮かべていた。

「そうね。いくらドミニカのお願いでも、それはちょっと……」

「どうしてですの?」

　その理由を、ドミニカは知っている。でも、彼女はわざと知らないフリをしてるのだ。

　お母様はそんなドミニカの思惑には気づかず、どうやって誤魔化(ごまか)そうかと考えながら視線を私に向ける。

「セシルはあなたと違って、お茶会のマナーなんて知らないからよ」

私には、マナーを教えてくれる人もいないので、当然お茶会に参加したこともない。

そんな私がマナーを身につけているはずがないと、ドミニカは気づいている。

「でも、お母様。仕方がないこととはいえ、セシルだって公爵家の人間ですわ。このまま社交界デビューしてしまったら、我が家の恥になります」

そう言うドミニカの言葉のあとには、『まぁ、存在するだけでも恥ですけど』という本音が続くような気がした。けれど、気のせいだと思って私は流す。

「いつかはお茶会に参加しないといけませんわ。これもいい機会だと思いませんか?」

「それは、そうだけど……」

お母様は助けを求めるようにお父様を見る。

二人は私をあまり表に出したくないのだ。強大な魔力を持った私が、万が一外で魔力を暴走させたら危険だと思っているのだろう。

お父様はフォークとナイフを置き口をナプキンで拭くと、腕を組んで思案する姿勢を見せた。

「一度だけで構いませんの。どうしてもダメですか?」

なにを考えているのか分からないけれど、熱心に食いさがるドミニカ。

「どうしてそこまで、セシルをお茶会に参加させたがる？」

「だって、かわいそうなんですもの。貴族に生まれながら、無知であるセシルが」

ドミニカの意地悪そうな顔に、私を憐(あわ)れむ気持ちは一切浮かんでいない。けれどそれに気づいているのは私だけだ。

「ねぇ、お願いです。お父様、お母様。一度だけでいいの。セシルにもお茶会の楽しさを知ってほしいのよ」

「ドミニカは優しいのね」

感激したという感じでお母様は目じりに涙を浮かべ、愛おしげにドミニカの頭を撫(な)でる。

「あなた、どうかしら？　一度くらいなら……」

「……そうだな。では、一度だけ。セシル、ドミニカの優しさに感謝してお茶会に参加しなさい」

「頼んだ覚えはありませんが。厚かましくも『感謝しろ』とおっしゃるのなら、口先でいくらでもお礼の言葉を羅列(られつ)いたしましょう」

棘(とげ)のある言葉に、お父様もお母様も不快そうな顔をしたけれど、怒りはしなかった。

私のお茶会への参加はこうして決まった。

お茶会当日。私は室内用のドレスしか持っていなかったので、ドミニカが着なくなったドレスを借りることになった。

こういったドレスは一人で着られないため、この日だけは侍女に手伝ってもらって着替える。

「も、申し訳ありません。えっと、あの……」

オドオドした様子の侍女は新人のようで、動作が覚束ない。さっきからミスを連発している。

彼女の名前はアリス。

アリスは涙目になりながらも、なんとか私にドレスを着せようと悪戦苦闘している。

おそらく通常の倍の時間がかかっていただろう。

まぁ、新人なら仕方がない。

それに私のことは、きっと他の侍女たちから聞いているはずだ。

少しのことで叱責したり、魔力暴走を起こしたりするかもしれないと思っているのだろう。

その証拠に、さっきから彼女は震えている。まるでライオンに食べられる前の子ウサギのようだ。

「あ、あの、申し訳ありません」

「問題ないわ。まだお茶会まで時間があるし」

「……」

私の言葉に、アリスは驚いたようにこちらを見つめた。

「なにか？」

「い、いいえ。なんでもありません」

私が、不慣れな侍女を叱責（しっせき）するとでも思っていたのだろうか。アリスは意外そうな顔をしていた。

「あ、あの、髪型はどうされますか？」

アリスが髪をすきながら聞いてくれるが、その手つきからも覚束（おぼつか）なさが感じられる。きっとまだ髪を結い上げるのも下手だろう。それでも、私が恥をかかないようにしようと頑張ってくれている。彼女からは、そんな純粋な気遣いが感じ取れた。

だけど、私は自分の姿を鏡で見て首を横に振った。

「必要ないわ」

「え、でも……」

彼女が戸惑うのも仕方がない。知り合い同士の気軽なお茶会でも、貴族の令嬢は髪に装飾品をつけて結い上げるものだ。さらには、結い上げるのに使う装飾品で自分の権威を示したりもする。

装飾品をまったく身につけないというのは、それを用意するお金さえありませんと言っているようなもの。恥以外のなにものでもない。

加えて、ドミニカから借りたドレスは、誰の目にもお古だと分かるぐらい私に似合っていない。多少の手直しはしてあるものの、急な話だったのでサイズはぶかぶかだ。ドミニカは太っているわけではないが普通の令嬢に比べるとぽっちゃりしている。一方、私は普段から食が細いため、貴族令嬢の理想的な体形をしている。

どうしたってサイズは合わず、見るからに不格好だ。

だというのに、髪も結わないと言い始めたから、アリスが戸惑うのも当然。

「あの、装飾品を一つも身につけないというのは、その……」

「いいのよ。持ってないから」

私の言葉に、アリスは言葉を詰まらせた。

私は商人を呼んでなにかを買ったことがない。ドレスすら持っていなかったくらいだ。装飾品は言わずもがな。

「……本当にお茶会に出席されるのですか？　その、準備も不十分ですし……」

アリスは不安そうな顔で私に確認する。その顔には、やめたほうがいいとありありと書いてあった。

「だから逃げろと？」

「い、いいえ！　そんな！」

慌てて否定するアリスに笑みを向けると、彼女は私を見て固まった。なぜかアリスは頬を紅潮（こうちょう）させている。

「迎え撃（う）ってやるわ。それくらいの気概は持っているのよ、私」

そう言って私は優雅に微笑んだ。

準備を終え、私はお茶会の会場である邸（やしき）の庭園へ向かった。

そこには白い丸テーブルが用意されていて、真っ赤なドレスを着たドミニカと、三人のお友達が座っていた。

そのうちの二人が私を見て、意味ありげにくすくすと笑っている。

ある意味悪役令嬢（セシル・ライナス）よりも悪役令嬢らしい人たちだ。役を交代してもいいくらい。私としてはむしろそのほうがありがたい。

「左から、ミランダ・ルドゥナー様、アデーレ・ローリー様、ルワンダ・ダーリン様です」

アリスが私の耳元でそう教えてくれる。

お茶会には自分の侍女を連れてくるのが常識だ。けれど私には専属侍女がいないため、彼女に同行してもらうことになった。

私に他の貴族との繋がりはないけれど、以前読んだ貴族名鑑の記憶を頼りに、三人の令嬢の家柄を思い出す。

ルドゥナーとローリーは伯爵家、ダーリンは侯爵家だ。つまり、全員が私よりも身分は下。

それにもかかわらず、ミランダとアデーレは私に無遠慮な視線を向けてくすくすと笑っている。そんな態度を取っていられるのは、ドミニカがそれを許しているからだろう。

「バカな人たち」

「……っ」

私の呟きを聞いて、アリスは顔を青ざめさせた。

「お嬢様」

アリスが私の耳元で窘めるように呟く。

どういうわけか、私に対する恐怖心はもう薄れているようだ。

そんな彼女に、私は周囲に聞こえないくらいの小さな声で言う。

「攻撃は最大の防御よ」

これは私を貶めるためだけのお茶会。穏便にすむわけがないのだ。

「アリス、ここまででいいわ」

「し、しかし……」

躊躇うアリスに、私は彼女にしか聞こえないくらいの声で言う。

「あなたには他にしてほしいことがあるの」

顔に疑問を浮かべるアリスに簡単な指示を出して、私は用意された席へまっすぐ歩く。

私は優雅に見えるように歩きながら、前世で読んだ身なりと性格の関係について書かれた本の記憶を手繰り寄せる。

ドミニカは赤いドレスを着ている。赤を好む人は行動力があり、積極的な反面、感情の揺れ動きが激しい。

その隣にいるミランダは黄色いドレス。黄色を好む人間は上昇志向が強い傾向にある。

その隣のアデーレはごてごてした装飾品を身につけている。これは自分に自信がないけれど、見栄っ張りな人に多い傾向。

そして最後にルワンダ。彼女は青いドレスを着ている。青を好む人間は穏やかで思慮深い。髪は結い上げているけれど、他の二人とは違い、耳を髪で隠している。耳を隠すのは内向的な人間に多い傾向だ。

なかなかにカオスなお茶会になりそうだな。

そんなことを思いながら、私はドミニカの右隣に腰を下ろした。

「初めましてですわね、セシル様」

最初に声をかけてきたのはミランダ。フレンドリーな感じではあるけれど、先ほどアデーレと一緒に私を見てくすくす笑っていたのも事実だ。

「それにしても……」と続けながら、ミランダは私の全身を確認する。

「急なお茶会というわけでもなかったのだけれど、用意が間に合わなかったのかしら？」

首を傾(かし)げて言うミランダ。つまり、『自分に合ったドレスもなく、装飾品もない。貧相な出で立(い)(た)ちだ』と暗に言っているのだ。

急なお茶会ではなかったと言われても、私はもともと参加予定ではなかったし、そうなったのはドミニカがいきなり我儘(わがまま)を言い出したからだ。

きっとここにいる人たちは、その事情も知っているだろう。

「あら、ミランダ。きっとセシル様はご自分の容姿に自信がおありなんじゃないかしら？ありきたりなドレスや装飾品では、かえって自分の美貌(びぼう)を損なうとお考えになったのでしょう。でも、ご安心なさいませ、セシル様。貴族令嬢とは常に己を磨かなければいけないもの。そんな貴族令嬢のために作られたドレスや装飾品は、本人の美しさをより引き立ててくれますわ」

ミランダに続き、そう言ったのはアデーレ。意訳すると『自分のことを美人だと思ってお高くとまってるんだろう』といったところか。

「そのドレスは私が昔着ていたものなのですけれど、やはりドレスも着る人間を選ぶのでしょうね」

ドミニカが先ほどの二人と同じように偽物の笑みを浮かべて言う。

この程度で優越感を得ているらしく、その笑みは嘲笑（ちょうしょう）ともとれた。

三人の挑発的な態度をどう思っているのか、ルワンダだけが嘘くさい笑みを浮かべて沈黙を貫いている。

――ああ。なんてつまらない女たち。

「おっしゃる通りですわね、お姉様。私にはこのドレス、いささか大きすぎますもの。ふくよかなお姉様には似合っても、私に似合うはずがありませんわ」

「なんですって！　私がせっかくあなたのためを思って貸して差し上げたというのに。恩を仇（あだ）で返す気!?」

怒るドミニカをよそに、くすりと笑い声が聞こえた。

笑ったのは私ではない。ミランダとアデーレに視線を向ければ、目を細めて口角を上げている。それは本心からの笑みだった。

私を貶めるために開催されたお茶会。しかし、その主催者であるドミニカの味方など、実は一人もいないのだ。

感情的で、傲慢で、お粗末な頭の持ち主であるドミニカには、味方を得ることほど難しいことはないだろう。取り巻きがいればいいほうだ。

私はドミニカを見て、心底意味が分からないという顔をし、首を少しだけ横に傾けて見せる。さらに頬に手を当てて『困ったわ』とでも言いたげな表情を作った。

「恩、ねぇ。お姉様は『ドレスも着る人間を選ぶ』とおっしゃったではありませんか。つまり、初めから私に合わないと分かっていて譲ってくださったのですよね」

「あんたみたいなブスに合うドレスがないのだから、仕方がないでしょう」

ドミニカの言い分に私は笑みを深くする。

「お忘れのようですけど、私には並外れた魔力があります。お姉様の行いで、私が魔力を暴走させてしまったらどうするおつもりですの？　昔魔力暴走に巻き込まれてお怪我をなさったこと、まさかお忘れではありませんよね？」

「わ、私は……」

まずいと思ったのか、ドミニカは顔を青ざめさせた。

他の二人も顔をわずかに強張(こわば)らせ、身を硬くする。

「アデーレ様とミランダ様。あなたたち二人も、私に随分(ずいぶん)な歓迎をしてくれましたわね。私、傷つきましたわ」

私が浮かべている表情は、誰がどう見ても傷ついた者の顔ではない。けれどそれを指摘できる勇気のある人間は、この場にはいなかった。

「ちょ、ちょっとした冗談ですわ」

「そうですわ。初めてのお茶会で緊張していらっしゃるだろうから、ほぐして差し上げようと思いまして」

顔を引きつらせながら言い訳をする二人に、私は人のいい笑みを浮かべた。

「まぁ！　そうだったのですね！　私、お二人のお気持ちに気づかず、糾弾(きゅうだん)するような真似をしてしまって申し訳ありません」

胸の前で手を組み、許しを乞うように言う。そんな私に、二人は難を逃れたのだとほっとしたようだ。

けれどこれで終わらせるわけがない。私の次の言葉は、二人を奈落の底へと突き落とす。

「でしたら、みなさまにもお二人の優しさをお伝えしたいですわね」

「「えっ？」」

固まる二人に、私は続ける。

「折しもあと少しで社交シーズン。残念ながら私は年齢的にまだ出席できませんが、今のやり取りを記録した映像を流す方法なんていくらでもありますわ」

「ちょっと、待ちなさい！」

「映像ってなによ！　許可もなく、そんな。勝手に録画するなんて」

「あなたたちこそ、なにを言っているのですか？」

「「ひっ」」

穏やかな口調で口元には笑みを浮かべているのに、私の目は笑っていない。

おまけに、わずかに滲み出た魔力がドミニカたち三人を容赦なく包み込んでいく。

「ここは公爵家の敷地内。ご存知でしょう？　貴族の邸には、いたるところに防犯用の魔道具が設置されていることを。もちろん我が公爵家でも録画用の魔道具がフル稼働していて、不審者がいないか常に監視していますわ。これは貴族の常識ですから、ここでの様子が録画されているのはご承知でしょう？」

「そ、それは……」

「そんな映像、お父様とお母様があんたに渡すわけないわ！」

ドミニカの叫びに、彼女の友人たちは安心した顔をする。

だけどそんな分かりきったこと、なんの手も打たずにいるわけないじゃない。本当にバカなんだから。

「ご心配いりませんわ。すでに映像は回収済みですから」

録画用の魔道具の位置は把握している。その魔道具から映像を直接取り出す方法も本で読んだことがあった。

だからアリスにその方法を教えて、頃合いを見計らって回収するように頼んでおいたのだ。

だって、絶対なにかあると分かっていたもの。

「私から奪おうとしても無駄ですよ。脅しが通じないことは、お姉様が嫌って言うほど分かっていらっしゃるでしょう？」

私はドミニカに言ってから、一同を見回す。

青ざめるドミニカたちの中で、ルワンダはじっと黙って事の成り行きを見守っていた。

「お父様たちに言いたいのならご自由になさって。その際はそうね……この国全土に映像を流してあげましょうか」

いいことを思いついたと言わんばかりに、無邪気な子供のような笑みを浮かべて言った。

「そんなことできるわけ――」

「できますわよ。私の魔力なら。そうねぇ、水魔法を使いましょうか。水魔法で水鏡を作って映像を投影させるの。素晴らしいでしょう。ねぇ？」

そう言って、私はこてんと首を傾ける。

「どちらがよろしいかしら。社交界という閉ざされた空間で映像を流されるのと、国中に流されるの。私は別にどっちでもいいですわよ」

誰も言葉を発さず、ルワンダ以外は苦虫を噛み潰したような顔をしている。

どちらにしても、私がこの映像を流せば彼女たちの未来は絶望的だろう。

「ご安心ください。あなた方が私のためを思ってしてくださったのだということは、聡明な貴族のみなさまならすぐに理解してくださいますわ」

完全にドミニカたちの敗北だ。

お茶会はそのままお開きとなった。ドミニカたち三人がそそくさと去っていったあと、ここまで一言も喋らなかったルワンダが溜息をついた。それから、一切口をつけていなかったお茶を一気に飲み干す。

「家同士の付き合いだとしても、もう少し相手は選ぶことをおすすめいたしますわ。でないと、巻き添えを食らって一緒に潰れてしまいますわよ」

唐突に言った私に、呆けたような顔をするルワンダ。

そんな彼女を残して、私はアリスと一緒に自室へ戻った。

「本当に映像を流されるのですか？」

部屋に戻ると、アリスが恐る恐る聞いてくる。

「ええ。私に牙を剥き歯向かうのなら、二度とそんな気が起きないように叩きのめしてやるわ」

「ですが……」

まだ納得がいかないという顔をするアリス。彼女はとても優しい人間のようだ。私とは大違い。

「私は自分が一番大事なの」

私は悪役令嬢セシル・ライナス。幸せになる道がないこの世界で、自分を守れるのは私だけ。

アリスみたいに他人を気遣う余裕なんて私にはない。

私はアリスの目をまっすぐ見て言った。

「中途半端に脅すだけで、逆恨みをされては厄介よ」

危険因子は、きちんと葬り去ったほうがいい。

「攻撃は最大の防御なの」

発した言葉は、自分でも分かるくらい弱々しかった。

きっとアリスにも気づかれただろう。それでも彼女はこれ以上は突っ込んでこなかった。今はそれがとてもありがたかった。

初めてのお茶会で、きっと気を張りすぎたのだろう。

今日は早めに休もう。

それから数日経ったある日のこと。

お茶会で撮った映像を流すための準備をしていたら、私はお父様に書斎へ呼び出された。

家族全員がそろったその場で告げられた内容に、ドミニカが頬を膨らませて怒鳴り声を上げる。

「どうして!?　どうしてセシルなんかにっ！」

お父様の机の上には、王家の紋章が描かれた封筒が一通あった。その中には、私と第二王子アーロンの婚約を打診する手紙が入っていたのだ。

私はそれを知って一気に青ざめた。なぜなら、アーロンが攻略対象の一人であることを思い出したからだ。

リリアンがアーロンのルートに入ると、セシルは魔力を暴走させてしまい、彼女を殺しかける。

その現場にアーロンもいたため、彼の命を脅かす行為だと糾弾され、死罪になったはずだ。

そんな彼との縁談が持ち上がって、青ざめないはずがない。

一応表面上は平静を保っているけれど、内心では大嵐が吹き荒れていた。

でも現実的に考えれば、私とアーロンの婚約は当然の流れなのだ。

私の強大な魔力を他国に奪われるわけにはいかないし、かといって下手な貴族に嫁がせてその家が力を持ちすぎるのも怖い。

なんといっても私の魔力は、この国の魔法師団が束になってかかっても相手になるかどうか分からないくらい強大なのだから。

そんな状況で王家に私と同い年の王子がいれば、婚約の話が出るのも頷ける。第一王子のブラッド殿下との縁談ではなかっただけまだましだと思おう。王太子妃になるなんてごめんだもの。

さて、どうすべきか。

アーロンは第二王子なので、結婚した暁には新たに公爵家を設けることになるだろう。この家を出られるのならなんでもいいような気がするけど、できれば平穏な人生が送りたい。そうなると、アーロンとの婚約って結構、面倒ね。

将来、婚約者を捨てて他の女にいく男なんて、こっちから願い下げだ。それに、バッドエンドになる可能性だって高くなってしまうのだ。危険は避けて通るべし。

私は気づかれないようにそっとドミニカを盗み見た。

ちょうどいいのがいるし、こっちに押しつけられないかしら。

私の視線に気づいて、ドミニカはキッと私を睨みつける。

彼女は私を恐れてはいるものの、本来の気質ゆえか懲りずに食ってかかってくる。私のことがよほど気に食わないのだろう。

別に構わないけど、八年前、それで痛い目にあったことを忘れたのかしら？

まぁ、ドミニカの頭はお世辞にも出来がいいとは言えないので、忘れていたとしても仕方がないのかもしれないけれど。

「私だって王子様と結婚したい」

いつものように我儘（わがまま）を言うドミニカ。今まではどんな我儘（わがまま）も通ってきたから、今回も通ると思ったのだろう。

「それはできないわ」

悲しそうな顔でそう言ったお母様を見て、ドミニカは大きく目を見開いた。

それは彼女が初めて言われた言葉だった。

「なんで、なんでよ！　セシルよりも私のほうが可愛いじゃない！　いつも部屋に閉じ籠（こも）っているセシルと違って、私はお勉強だってしているわ！　お茶会にだってたくさん出席しているのよ！」

「セシル姉様が王子様と結婚するってことは、セシル姉様はお姫様になるの？」

お母様にぴっとりくっついていたヴィアンカが聞く。

お母様はヴィアンカの質問に微妙な顔をしながら、「そういうことになるかもね」とお茶を濁（にご）した。

「こんなのがお姫様になれるわけないじゃない！　ヴィアンカはバカなの？　せいぜい魔女がお似合いよ」

「ヴィアンカ、バカじゃないもん！」

頬を膨らませながら怒るヴィアンカ。そんな彼女の怒りを、ドミニカはふんと鼻で笑い飛ばす。

「お母様、お姫様はみんなに好かれるものでしょう。本にもそう書いてあるわ。ならどうして、みんなから嫌われてるセシル姉様が選ばれるの？」

幼いがゆえの、無邪気で残酷なヴィアンカの質問。

お母様とお父様は、私の反応が怖かったのか若干青ざめながらも、なんとか質問に答えようと口を開く。

だが言葉にはならず、まるで酸素を求める魚のように口をぱくぱくするだけだった。

「私は婚約したくありません。いずれは魔法師団に入ろうと思っていますので」

私の言葉に、両親は目を丸くして口を開いたままこちらを凝視した。

二人とも、私が拒否するとは思っていなかったのだろう。当然だ。

王族との婚姻は貴族令嬢にとっては誉れ。婚姻を望むことはあっても、拒絶することはないだろう。

けれどすべてを承知の上で、私はもう一度きっぱりと言った。

「私は魔法師団に入りたいのです。私は自分の魔力を生かせるところで働きたい。だから、アーロン殿下との縁談は謹んでお断りいたします」

あまりにもはっきり言い切ったからだろうか。部屋は静まり返る。

「ちょうど別の候補もいますし」

私は言いながらちらりとドミニカを見た。

「お姉様が婚約者になればよいと思います」

私がそう言うと、ドミニカは勝ち誇ったような笑みを浮かべる。

「そうよ。セシルなんかが王族と婚約するなんて無理よ。私こそ婚約者に相応(ふさわ)しいわ。そうでしょ、お母様、お父様」

ドミニカは二人からの「そうだ」という同意を期待していたのだろう。

だが、お母様は悲しげに眉尻を下げ、お父様は苦笑まじりに首を左右に振った。

二人の態度を、ドミニカは信じられないといったふうに見つめる。

「王家が婚約を望んでいるのは、あくまでもセシルだ。お前ではない、ドミニカ」

重々しい声で告げるお父様に、ドミニカは涙目になる。

「どうして！　どうしてよ！　セシルが昔なにをしたのか、お父様もお母様も忘れたわけではないでしょう⁉　自分の魔力が強大であるのをいいことに、その力で私や使用人たちを傷つけたのよ！」

そんなことをした記憶はない。確かに魔力を暴走させて怪我をさせてしまったけれど、決して意図的にしたわけではない。

「こいつは人間じゃないわ。魔女よ！　魔女がこの国の王子の婚約者になるなんて、あり得ないわ！」

「でも、選ばれたのはあなたじゃない」

私は口元に笑みを浮かべながらドミニカを見た。

アーロンとの婚約は、バッドエンドに繋がる可能性があるから避けたい。

けれどこの出来事は、この世界で唯一、セシルが選ばれる瞬間。ドミニカでも、リリアンでもない、私が選ばれる唯一の場面でもあるんだ。

半分はそんな優越感、あとの半分は強がりから私は笑みを浮かべた。

ドミニカの鋭い視線が私に向けられたけど、痛くも痒くもない。

「私と婚約しなかったとしても、お姉様と婚約するなんてあり得ませんわ。ゆくゆくは王族に連なる者です。もっと教養のある女性を選ぶでしょうね」

「私が王子の妻に相応しくないとでも言いたいの？」

その言葉に、私はにっこりと微笑んだ。

「やだ。ご自分が相応しいとでも？　お茶会では身分が下の者を見下し、見目のいい男には媚を売る。そんな恥知らずなあなたが、まさか『お姫様』だなんて。お臍でお茶が沸かせそうなくらいおかしな話だわ」

ヴィアンカの言葉を使って揶揄すると、ドミニカは顔を真っ赤にして手を振り上げた。

私は魔力を操り、気づかれないように自分の周囲に結界を張り巡らせる。

これで平手が振り下ろされても、私には当たらない。

「ドミニカ、やめなさい」

さすがにまずいと思ったのか、お母様が止めに入る。

そのおかげで取っ組み合いの喧嘩にはならなかったが、部屋にはますます険悪な空気が漂った。

「ムキになるのは事実だからかしら？」

私はわざと煽るように微笑みながら言う。するとドミニカはお母様の腕を振り切り、再び手を振り上げた。

「ドミニカ!?」

悲鳴に近いお母様の声がしたが、それは決して私の身を案じたためではなかった。

パーンと甲高い音が部屋に響く。

けれど赤く腫れ上がったのは、私の頬ではなくドミニカの掌だった。

ドミニカは驚き、自分の手を見たあと、私が魔法で結界を張っていたことに気づいて忌々(いまいま)しげに睨(にら)みつけてくる。

「この魔女めっ」

「ドミニカっ！」

お母様はドミニカを庇(かば)うように抱きしめ、私を見てきた。まるで恐ろしいものでも見るような目で。

そんなお母様に縋(すが)りつくように、ヴィアンカは大声を上げて泣いている。

彼女たちにとって私は化け物なのだろう。なら、化け物は化け物らしく振る舞うだけだ。

「大丈夫、ドミニカ？」

叩こうとしたのはドミニカのほうなのに、お母様は心配そうに彼女を見つめる。

「ヴィアンカ、大丈夫だから泣くな。セシル、部屋に行っていなさい」

お父様の冷たい声が響く。

そちらに視線を向ければ、感情のない目が二つ、私を見つめていた。

「セシル、お願い。もう二度としないで」

お母様は相変わらず頓珍漢(とんちんかん)なことを言っている。

「なにをでしょう？　私はなにもしておりませんが」

「とぼけないで！　家族に魔力で報復しようとするなんて」

私は魔力で誰かを傷つけようとしたことは一度もない。

昔ならともかく、今は魔力を暴走させることすらなかった。

「お願い。お願いよ。私たち、家族でしょう。お願いだからドミニカを傷つけないで」

声と体を震わせてお母様は言う。

いつもは私の存在を無視しているくせに、こういう時だけは家族であることを盾にする。なんて愚かしい女だろうかと、私は冷めた目で彼女を見た。

「セシル、早く部屋に戻りなさい」

まだ書斎にいる私に、もう一度お父様が命じる。私はそんなお父様に視線を向ける。

「私が恐ろしいですか？　幼い時、私が魔力の暴走を起こしていたのは、魔力に対する知識がなかったからです。でも、今では魔力暴走を起こさなくなりましたし、魔力制御装置もつけていません。魔力を学び、正しい使い方を学んだおかげで、今の私は自分の魔力を自在に操ることができます」

「お前の言うことを聞かなければ、魔力暴走を起こすと？　家族を脅すのか？」

お父様に侮蔑の眼差しを向けられて、私は溜息をついた。

私がなにを言っても、そういうふうにしかとらないのだ。私の言動すべてが脅しになってしまう。

「そうとしか取れないのなら、そう取っていただいても構いません。とにかく、私の望みは魔法師団に入ることです。それは、誰にも頼らずに生きていくためです。王家に嫁ぐつもりもありません」

私はそれだけ言って、書斎を出ていこうと立ち上がる。

その時ドミニカが憎々しげに睨みつけてくるのに気づいて、私は彼女を嘲笑うように言い放った。

「お姉様、分不相応な野心は身を滅ぼしますよ」

「なんですって！」

「ドミニカ、お願いよ。やめてちょうだい。あなたの身が危ないわ」

再び私に食ってかかろうとするドミニカを、お母様が強く抱きしめて止める。

「お母様、あなたは私たちが家族だとおっしゃいましたね。でも、あなたが『家族』と呼ぶ私が、あなたたちと同じ人間であることをご存知ですか？　私にも心があり、傷つく感情があることを……言葉には意味があり、時には心を切り裂く鋭い刃になることを、あなたは知らなすぎるのではありませんか？」

お母様は震える体でドミニカを抱きしめながら私を見る。

「忌々しい。エミリアと同じね」

「エミリア？」

「私の妹よ。もう随分前に死んだけど。あなたと同じ、魔力を使って私を脅し、欲しいものをすべて手に入れた傲慢な女よ。魔力で私の両親を操って、特別扱いしてもらっていたわ。あなたはエミリアにそっくりね。どこが人間なもんですか」

お母様と妹の間になにがあったかは知らないけど、きっと彼女の両親は娘が魔力を持って生まれたことを単純に喜び、祝福していただけに違いない。それがお母様の目には、特別扱いに見えた。

お母様は私とその妹を重ねているのだろう。憎しみの籠った目で私を睨みつけてくる。実の親にそんな目で見られても、私はもうなにも感じない。慣れてしまったから。

「魔力で家族を脅すあなたなんか、人間ではないわ」

「……そうですか。私は醜い化け物ですものね。それでは失礼します」

私はなにか言われる前にと、一礼して部屋を出た。

「ねぇ、なんで。なんでセシルはなにをしても許されるの？　どうしてセシルだけが特別なの？　セシルはずるい！」

固く閉じられたドアの向こう側から、ドミニカの訳の分からない言葉が聞こえてくる。

私はまた溜息をついて、自分の部屋に戻った。

数日後、私は両親とともに王宮に呼び出された。

薄々分かってはいたけれど、第二王子アーロンとの縁談から逃れることはできなかった。

王家からの婚約の打診だ。断れないのも無理はない。

「お前がセシルか」

私は初めて行った王宮で、アーロンと対面した。

彼は乙女ゲームの設定と同じで、黒髪に黒目、割にほっそりとした体つきだった。

若干吊り上がった目をしているせいか、妙に刺々(とげとげ)しい雰囲気だ。

彼はこんな人だっただろうか？

乙女ゲームでは、もっと柔らかな雰囲気で、素敵な男性だったと思う。

まあ、ゲームには子供の頃のことなんて出てこないから、これから成長してゲームと同じような素敵な男性へと変わっていくのだろう。

結構なことではないか。一生嫌われ続ける私とは大違い。

「これ、アーロン。ご令嬢に向かって『お前』は失礼だろうが」

アーロンの言葉遣いを、ルドルフ陛下が注意する。

ところがアーロンはぷいっと顔を横に向けただけで、反省の色はない。

そんなアーロンに、ルドルフ陛下は「困った奴だ」と苦笑する。

「すまんな、公爵。最近はどうも反抗期のようで、手を焼いておる」

「どうかお気になさらず。子供というのは親に反抗して成長していくものですから」

お父様は笑って受け流す。その横でお母様も、「いずれ立派な方へと成長されますわ」と言って笑っている。

私はそんな彼らの会話を右から左に聞き流して、アーロンを観察していた。

それに気づいたのか、アーロンは睨みつけるように私を見てくる。彼はどうやらこの婚約が気に入らないようだ。

私も気持ちは同じ。彼と結託すれば、婚約をなかったことにできるかもしれないと心の中でほくそ笑んだ。

その後すぐ、私とアーロンは交流を深めるという名目で部屋から追い出された。

大人には大人だけの話があるのだろう。

護衛の騎士と侍女を連れて、二人で庭園に出る。

私は初めて見る自分の邸以外の庭の荘厳さに驚いていた。

周囲の花に目を奪われていると、先を歩いていたアーロンが不機嫌な声で話し始めた。

「俺は生贄にされたんだ」

唐突に聞かされた物騒な言葉に、私は視線をアーロンの背へと向けた。

アーロンがどのような顔をしているのか、私からは見えない。

「お前という化け物に捧げられた生贄だ。俺は父上たちに捨てられたんだ」

大した被害妄想だ。それとも悲劇のヒーローポジションに酔っているのだろうか？

「己が世界で一番、不幸だと思われるのですか？」

私の言葉に、アーロンは振り返った。

その問いかけが気に入らなかったのだろう。今にも私を殺しそうな目で睨んでくる。

「当たり前だろう。お前のような化け物と婚約など。いつお前に殺されるかと思うと——」

「まぁ。殿下は同い年の、それも女に殺されるほどか弱いのですか？」

わざと嘲笑を浮かべて私が言うと、アーロンは怒りで頬を真っ赤にさせた。

「無礼だぞ！」

まぁ、そうだろうな。

でも、アーロンの言葉をそのまま受け取るなら、私が言った通りだろう。

「失礼」

でも相手は王族なので、私は一応謝罪する。到底心など籠ってはいないが。

「けれど、殿下。なにも恥じることはございませんわ」

なんて間抜けな姿だろうと心の中で笑いながら、私は内心がっかりしていた。

だって、彼と仲良く婚約解消を目指すのは無理だから。

この性格には付き合っていられない。

そこで私は、魔力をわずかに滲ませて威圧してみる。

するとアーロンは膝をガクガク震わせ始めた。護衛騎士たちも異常なプレッシャーを感じたのか、腰にさげた剣をいつでも抜けるように構える。

騎士たちが手を出さないのは、私が彼の婚約者で、この国一番の魔力持ちだからだろう。下手に動いて暴走させたら、国を滅ぼしかねないと警戒しているに違いない。

「人は化け物に勝てない。それは当然ですもの」

これ以上はさすがにまずいだろう。

そう思って、私はすぐに魔力による威圧をやめる。

アーロンは安心したのか、尻もちをついた。慌てて騎士が彼を支えるが、アーロンは呆けたまま私を見つめていた。

これで彼は私にいい印象は抱かないだろうし、目撃者として護衛騎士や使用人もいる。

この彼のことだ。すぐに親に泣きついて、婚約解消になるだろう。

私はそう楽観的に捉えていた。


それから数週間。

待てど暮らせど王家から婚約解消の連絡は来なかった。

それどころか、魔法やダンス、マナーの家庭教師がつくことに。さすがに王子と婚約した公爵令嬢に教養がないとまずいと思ったのだろう。

王子と婚約したおかげか、家庭教師は意外と簡単に見つかったそうだ。第二王子の婚約者を指導したとなれば、箔がつくのだろう。

それから、アリスが私の専属侍女になった。

家での私の扱いは変わらないけれど、これ以上を望む気はない。

昔に比べたら破格の待遇だから。

第二王子との婚約解消が難しいと諦めた私は、逆にその立場を利用することにした。

先日のお茶会の映像を夜会で流すよう、陛下に進言したのだ。

まず私は魔力を使って魔道具をいじり、映像からルワンダの姿を消した。

お茶会に出席していたものの、彼女はなにもしていない。とばっちりで巻き込むのも申し訳ないので、少々編集することにしたのだ。

この世界に映像を編集できる魔道具はないけれど、魔力を利用して撮影された映像だ。ちょっとコツがいったものの、魔力を流して細工をすれば彼女の姿を完全に消すことができた。

王宮を訪れた私は謁見の間の壁にその映像を投影した。それを見た陛下は、眉間に皺を寄せた。

それもそうだろう。見ていてあまり気分のいいものではない。

「処罰は必要だと思うが、この映像を本当に流すのか？」

「ええ。お願いします」

戸惑う陛下に、私は笑顔を心がけて答える。

「しかし、そなたの姉君もいる」

「なにか問題でも？」

きょとんとした顔をして首を傾げる私に、陛下の困惑はより一層深まったらしい。陛下はますます眉間の皺を深くした。

「彼女たちが言っておりますわ。『私のためにやったことだ』と。私はそんな彼女たちの親切心にとても感動しましたの。彼女たちの優しさを、ぜひみなさまにも知ってもらいたいのですわ」

陛下は確認するように壁に投影された映像をもう一度見る。

どこからどう見ても、年下の令嬢をいびっているようにしか見えない。

それは当事者である私がよく分かっている。

「セシル嬢。それは……」

いくらなんでもやりすぎだと言おうとしたのだろう。けれど陛下は私の冷めた目を見て、言葉を呑み込んだ。

「陛下。位の低い者が上の者を見下す。このような不敬を見逃せば、身分制度を軽んじていると暗に言っているようなものですわ。まさか、陛下がそのような行いをお許しにはなりませんよね」

「……ああ」

「私は別に彼女たちの家を取り潰してほしいとは申しておりませんわ。ただ、この映像を流してくださいとお願いしているだけです。彼女たちの言う通りこれが本当に優しさなのであれば、問題はないでしょう？　それくらい、許してはいただけませんか？」

第二王子と婚約させるほど、私が国にとって価値のある存在だというのであれば、陛下の取る行動は一つしかないはず。

「相分かった」

「ありがとうございます、陛下」

笑顔で頭を下げる私を見て、陛下から溜息が漏れた気がした。

まだ社交デビューもすませていない子供相手に、かわいそう。

「いい気になるなよ」

謁見の間を出て王宮の廊下を歩いていると、アーロンが鬼のような形相で私を睨みつけてきた。

「俺の婚約者になったというだけで、身分を笠に着て好き放題しやがって。いくら魔力が強くても所詮はただのいち貴族。図に乗るなよ。お前の家なんていつでも潰してやれるんだからな」

まるで親の仇でも見るような目で睨みつけてくるアーロン。よほど私のことが気に入らないのだろう。

私はそんな彼をじっと見つめ返した。

フィクションと現実は違う。乙女ゲームに登場するアーロンといくら同じ姿でも、彼がゲームのような素晴らしい男性に成長することはないだろう。

それによく考えたら、ゲームでもアーロンは浮気する男なのだ。

婚約しているのに別の女性に目を向けて、挙句の果てに婚約者を悪者にして断罪。自分は初恋を実らせて幸せにって？　クソだな。

確かにセシル・ライナスは褒められた性格ではなかったのかもしれない。でも、彼女にも同情の余地はあるわけだし、いくら性格が歪んでいてもそりゃないよね。

心の中でアーロンを見下し、けれど貴族令嬢のマナーとして表情には出すことなく彼に言った。

「ライナス公爵家を潰して、それが国の利益になるのならお好きにどうぞ」

私の言葉がよほど予想外だったのだろう。アーロンは目を丸くして驚いている。

そんな彼を鼻で笑い飛ばしたいのをなんとかこらえ、私は扇で口元を隠す。

「ふん。強がっていられるのも今のうちだぞ」

別に私は強がったわけではない。

私は家にも家族にも興味がないのだ。どうなっても構わないとすら思っている。

「……私はこれで失礼します」

「俺は、お前を婚約者だなんて認めない」

背を向けた私に、アーロンは吐き捨てるように言う。

だから私はもう一度彼に言ってあげた。

「どうぞお好きに」

敵意を向けてくるアーロンに対して、私はどこまでも淡白に対応した。

だって、あんな言葉の通じないおこちゃまを相手にするのって、正直疲れるじゃない。

数日後。多くの上位貴族が出席する夜会で映像は流された。

その結果、アデーレとミランダはそれぞれ領地に引き籠ってしまった。

二人は現在十六歳で、まだ縁談はまとまっていないと聞いている。

貴族の女性は十六歳から十八歳で結婚するのが一般的であることを考えると、この映像が人々から忘れられる頃には、行き遅れになっているかもしれない。

映像にはドミニカも映ってはいたのだが、彼女はまったく気にしていなかった。というか、自分は悪くないと思っているようだ。

公爵家に堂々と喧嘩を売る人間も少ないので、陰でいろいろと噂されているにもかかわらず、ドミニカはいつも通り過ごしていた。

ただ両親は危機感を持ったらしく、ドミニカの結婚相手を早急に探している。

ドミニカは長女なので、夫になる人は必然的に公爵になれる。そのためか、いろんな家の次男坊以下が名乗りを上げているようだが、当然そういう人たちなので碌な噂は聞かない。

◆◆◆

「……やっぱり許せないわ。セシルがアーロン殿下と婚約するなんて」

邸のみんなから嫌われ、化け物呼ばわりされているセシルが王族の妻になる。

それは私――ドミニカにとってこの上ない屈辱だった。

「なんでよ！　あいつは化け物なんでしょう！　なのになんで特別扱いされるのよ！」

セシルが王宮に行ったと聞いて、アーロンに会いに行くのだと思った私は感情を爆発させた。衝動のままに、部屋にある物を手当たり次第にぶちまけていく。

中には壁に当たって壊れた物もあったけれど、私は気にしなかった。

だって、壊れたってまた新しく買ってもらえばいいだけだから。

それよりも気になるのはセシルのことだ。

化け物と呼ばれてみんなから嫌われていても、やはりセシルは特別なのだ。それが許せなかった。

公爵家の長女として生まれた私。それだけで自分が〝特別〟な存在だと実感していた。

でもその地位は、ある日突然、容易(たやす)く覆(くつがえ)されることになる。

妹が生まれたのだ。

四歳年下の妹は、過去に公爵家に嫁いだ伝説の王女を生き写しにしたような容姿をしていた。銀色の髪に、ルビーとサファイアのオッドアイ。

それだけで妹が特別な存在だと言っているようで、許せなかった。

しかも彼女は魔力すらも特別だった。

「とても、めでたいことだな」

妹の誕生を祝いに、わざわざ王様がやってきた。

けれど私が生まれた時に王様が来たなんて、聞いたことがなかった。

邸(やしき)にやってきた王様は嬉しそうに妹を抱きかかえる。その姿を、私はドアの隙間から見ていた。

「なんで。どうして。どうして、妹だけ。私だって……」

使用人たちも喜ばしいことだと笑っていた。お父様もお母様も笑顔だった。

もしかしたら自分が生まれた時よりも嬉しいのかもしれない。

私はそう思うようになった。

けれどお祝いムードはすぐに消え去ることに。

魔力が桁外れに強かった妹は、泣くたびに周囲に被害をもたらした。

魔力の制御もできず、感情の抑制もできない。本能のままに力を暴走させる妹のせいで、何人もの使用人が辞めていった。

——化け物。

次第に邸の中で囁かれ始めた言葉を、セシルに相応しいものだと思った。

最初はあんなに喜んでいた両親も次第にセシルを避けるようになり、世話を任された乳母も次々と入れ替わる。

ざまぁみろと思った。

けれどここへ来て、またセシルが特別扱いされ始めた。

「許さない。絶対許さないわ」

そう呟き、私はある場所へ向かうため立ち上がった。

邸を出た私は王宮を取り囲むように広がる街の片隅にある、とある酒場を訪れた。

誰にも見られていないことを確認して中に入り、店主に金貨三枚を渡す。

すると店主はちらりとこちらを見ただけで、なにも言わずに奥へと通してくれた。

無言で店主の横を通り過ぎ、真っ暗な酒場の奥へと吸い込まれるように入っていく。

奥にあった部屋には数人の男たちがいた。

「女を一人、殺してほしいの」

私の声に、男たちが振り返る。彼らは鼻から下を布で覆い、頭にはフードを被って、顔が見えないようにしていた。

「名前はセシル・ライナス」

「貴族の暗殺か？」

「ええ。手引きは私がする」

「ほぅ。そんなことができるのか？」

「できるわよ。だって、私はセシルの姉ですもの」

そう言ってにやりと笑みを浮かべる。

「報酬は？」

値踏みをするように見てくる男たち。

けれど私が懐から出した革袋を見て、彼らは「おぉ」と歓声を上げた。

「これは前金よ。仕事が成功したら残りを支払うわ。やってくれるわね？」

男の一人が革袋の中を確かめる。

「いいだろう」

◆　◆　◆

「バカな子」

私は盗聴用の魔道具から聞こえてくる、ドミニカと見知らぬ男の会話にほくそ笑んだ。

お茶会の映像が流されても、ドミニカは一向に気にした様子を見せなかった。それは彼女の関心事が別にあるためだと気づいて、私は彼女のドレスに盗聴器を仕掛けたのだ。

ドミニカは部屋にいちいち鍵をかけるタイプではなかったので、彼女がいないタイミングを見計らえば仕掛けるのは楽だった。

私は自室でドミニカの声を聞きながら、雇われた男たちがやってくるのはいつだろうかと予想する。

ドミニカ自身が手引きするのだから、準備にさほど時間はかからないだろう。きっと数日のうちにやってくるに違いない。

そうして二日後の深夜。予想通り、武装した男たちが私の部屋にやってきた。

あらかじめ部屋に侵入者の存在を知らせる罠を張っていたため、私はすぐに飛び起きる。

暗殺者の数は五人。私は邪魔が入らないよう即座に防音の結界を張り、さらに魔力を放って暗殺者たちにプレッシャーをかけ、動きを止めさせる。

魔力に威圧されて、暗殺者たちの顔は青ざめていった。

「くそがぁっ！」

暗殺者の一人が私に向かって剣を振り上げた。

その瞬間、私は男の周りに火の魔法を展開。

またたく間に彼は炎に包まれた。すぐに人肉の焼けた嫌な匂いが漂ってくる。

けれど私は躊躇うことなく、彼を手にかけた。

それを自覚するとともに手は震え、胃の中からなにかがせり上がってくる。

罪悪感で押し潰されそうだ。

けれど襲いかかってくる暗殺者の存在が私を現実に引き戻す。

私は防音の結界魔法を維持しながら、暗殺者たちに体の動きを封じる魔法をかけた。

本来なら、複数の魔法を同時に発動することはできない。当然、魔力が枯渇しやすくなるし、かなりの精神力を使うからだ。そして魔法を操(あやつ)る技術も必要になる。

だが、私にはそんなこと関係ない。

「詠唱もしないで魔法を使うなんて」

「こんなの聞いてない」

身動きが取れず呻(うめ)く男たちを、私は鼻で笑った。

「バカね。自分の手の内なんて、誰にも明かすわけないじゃない」

「くそっ」と吐き捨てた男は、それ以上声を発する間もなく青い炎に包まれて消えた。

それを見て、残った男たちは恐怖で顔を引きつらせる。彼らはすでに戦意を失っていた。

「こういうのを、ミイラ取りがミイラになるというのかしらね？」

「……化け物」

目に涙を溜めた情けない暗殺者が私を見て言った。

「あら。よく分かっているじゃない」

私は暗殺者に向かってにこりと微笑んだ。

「なら、どうしてここに来たのかしら？　本当にバカね。非力な人間が化け物に勝てるわけがないじゃない」

そう言って私はクスクスと笑った。

「利口なあなたにご褒美をあげるわ」

言いながら、涙目の男以外の二人を始末し、一人取り残された彼にそっと歩み寄る。

そして動けない男の首に黒い革紐をつけた。

「この革紐はあなたの首を徐々に絞め上げて、最後は胴から切り落とすわ。でも、私のお願いを聞いてくれたら、ほどいてあげる」

「っ」

「ちゃんとお利口にお使いしてくださるかしら？」

男はものすごい勢いで首を上下に振った。満足した私はお使いの内容を指示して、男を逃がす。

「これで準備は万端ね。ドミニカ、私と遊びましょう」

アーロンの婚約者なんてくだらない地位、そんなに欲しいのなら喜んであげたのに。

きっとお似合いだったと思う。私なんかよりもずっと。

ドミニカはきっと、今頃自分の部屋でゆっくり休んでいるだろう。私という邪魔者が消えた心地のいい夢を見ながら。

彼女は私の掌の上で踊り続ける。

その様を想像してみたけれど、滑稽で、憐れだった。

「は？」

暗殺者を始末してから数週間後。

私と一緒に書斎に呼ばれたドミニカは、とても間抜けな顔をしていた。

「お姉様……」

一緒に入ってきたヴィアンカは縋(すが)るようにドミニカのドレスを握りしめる。

「今、なんとおっしゃいました？　お父様」

「お前を隣国オズワルドの、レベッカ公爵のもとへ嫁がせることになった」

お母様はすすり泣き、お父様は拳(こぶし)を強く握りしめてなにかに耐えているようだ。

葬式みたいな空気の中、私は一人だけ優雅に微笑んでお茶を飲んでいた。

「よかったじゃない。レベッカ公爵と言えば、オズワルドでは屈指の大貴族。一生遊んで暮らせるわよ」

「ふざけんじゃないわよ！　誰が四十歳も過ぎた耄碌(もうろく)ジジィのところへなんか。それに女遊びが派手で有名じゃない」

事実は知らないけれど、愛人が両手の数はいるとか、隠し子が何人もいるとか、そのせいで四十五歳になっても未(いま)だに独身だとか噂は尽きない。ただ、商才があることでも有名だ。

「これは王命だ。我が国としてもレベッカ公爵と繋がりが持てるのは利益になるとのこと。陛下直々の采配だ。心して務めを果たせ」

お父様は淡々と告げる。

「だからって……」

ドミニカは弱りきった声を出してお父様の同情を誘おうとしている。

これは私が暗殺者にお願いしたお使いの結果だ。

私は暗殺者の男にドミニカに仕掛けた盗聴器を持たせ、陛下のもとへ自首しに行かせたのだ。

本来ならもっと重たい処罰が下るところだけど、未遂だし、こういう形に落ち着いた。

「あら。向こうはあなたでいいっておっしゃっているのでしょう？　未だに婚約者の一人もいないあなたにはありがたいことじゃない。それに、普通ならこの程度ですまないわよ？」

「どういうことよ？」

睨みつけてくるドミニカに、私は憐れみを込めた視線を向ける。

「いくら身内といえど、殿下の婚約者を殺そうとするなんて」

「わ、私は、そんなこと……」

「証拠はすでに提出されているわ。これは我が家にとっても醜聞。この件をなかったことにするかわりに、あなたは隣国へ嫁ぐの。ああ、お父様たちに縋ってもダメよ。来週あたりからお父様は地方へ療養へ行くことになっているから」

「は？」

「セシルお姉様、それはどういう……」

ドミニカもヴィアンカも、次々と出てくる情報についていけていないようだ。頭の回転が随分遅いこと。

「子供のお守りもできない無能な当主はいらないの。お父様は公爵位を従兄のトラヴィスお兄様にお譲りになることになったわ」

私たちの従兄、トラヴィス・フォレス。

金色の髪に青い目をした、高身長で精悍な彼は、女性に人気があるものの社交界嫌いなことで有名だ。滅多に表に出てこないためか、二十五歳の今でも独身を貫いている。

「……私たちは、どうなるの？」

不安そうに、今にも消えてしまいそうな声でヴィアンカが聞く。

ドミニカは隣国へ嫁ぐことになり、私はアーロンと婚約している。先が決まっていないのはヴィアンカだけだ。不安になるのは当然だろう。

「結婚するまでは、この家でいつも通り暮らせるわ。年頃になれば、他の令嬢と同じように縁談も来るでしょう。そこら辺はトラヴィスお兄様が面倒をみてくれるので問題ないわ」

「……そう」

「納得いかない。こんなの納得いかない！」

ドミニカは地団駄を踏み、持っていた扇を床に叩きつける。

「私は絶対に結婚しないから！」

そう叫んで、ドミニカは部屋を飛び出す。そうしたところで彼女はどこにも行けないし、なにもできない。

「よかったわね」

すすり泣きながら、けれどしっかりとした声でお母様は言う。

私を見るその目には、憎しみに近い、ほの暗い炎が宿っていた。

「なにもかもめちゃくちゃよ。旦那様と私は邸を追い出され、ドミニカは国外追放。ヴィアンカは私たちから引き離されて寂しい思いをすることになる。あなたの望んだ通りなんでしょう。こうやって、あなたは関わった者すべてを不幸にするのよ。厄病神だわ」

「あなた方がなにもしなければ、私もこんなことはしませんでしたよ。お母様」

お母様、お父様、ヴィアンカの三人を残して、私も自室へ下がった。

部屋に戻ると、控えていたアリスが私を心配そうに見つめてきた。

「お茶を淹れてちょうだい」

「かしこまりました」

彼女は余計な詮索はせず、黙ってリラックス効果のあるお茶を用意してくれる。

よくできた侍女だ。

「……疲れた」

アリスがお茶の準備をする音に耳を傾けながら、私はそっと目を閉じた。

第二章　報復

「セシル様も、もう十四歳なのですね」

私の部屋で優雅にお茶を飲みながら、感慨深げにルワンダが言う。彼女とはあのお茶会の日からなにかと縁があり、今では私を訪ねる唯一の人となっている。ルワンダは二年前に結婚し、今は一児の母。二人目も妊娠中だ。まだ初期なのでお腹は目立っていない。

「明日から学園でしたわね」

「ええ。貴族とは面倒なものです。人脈作りのためとはいえ、学園に通わないといけないなんて」

貴族学園は国に四つあり、地方の貴族の子供たちもみな、十四歳になると近くの学園に入学しなければならない。

そこで二年間、この国の政治や領地経営を学ぶことになっている。

けれど普通、貴族の子供には家庭教師がつくので、学園は勉強のためというよりは人脈作りのためにあるようなものだった。

学園に入学したら、当然だけどヒロインと顔を合わせることになるのだろう。

ゲームのセシル・ライナスの役割は彼女の恋路の邪魔をすることだけど、現実の私は喜んで彼女の手助けをしてあげよう。

アーロンなんて、のしをつけてヒロインにくれてやる。

私は心の中で決意した。

そんな私の心中など知るよしもないルワンダは、柔らかく苦笑した。

「仕方がありませんわ」

本当に面倒だと溜息をつく私に、ルワンダが尋ねてくる。

「セシル様は、魔法を主に勉強なさるの？」

「ええ、そのつもりです。最終的には魔法師団に入りたいので」

学園の授業には選択科目と必須科目があり、必須科目にはマナーや美術、音楽、ダンスなどがある。

選択科目はそれぞれの将来に合わせて選べるようになっていて、騎士や文官、領主になる者など用に、それぞれの専門科目があった。

貴族令嬢には、いわゆる花嫁修業のような授業も用意されている。

魔法師団への入団を希望する者のための授業もあり、優秀な成績を収めれば魔法師団の入団試験が免除されるらしい。当然、私はそれを目指すつもりだ。

トラヴィスお兄様が公爵位を継いですぐ、私は陛下から魔法師団に入団する許可をもらってある。

私は将来王妃になるわけではないし、戦争が起きれば私みたいな魔力持ちは徴兵されるだろう。必要に応じて軍を指揮するのも貴族の義務だ。最初から魔法師として働くことを反対される理由はない。

トラヴィスお兄様は少し渋い顔をしていたけど、私の立場を理解してくれているのか止めはしなかった。

「学園ではきっといろいろな新しい発見があって、楽しいと思いますわ」

そうルワンダは言うけれど、魔力の強い私に友達ができるとは思えない。

私はすでに、楽しい学園生活というものを諦めていたのだった。

それからすぐに、学園の入学式を迎えた。

最悪なことに、学園までアーロンと同じ馬車に乗せられるはめになってしまった。

いつまで経っても仲が良くならない私たちにやきもきした陛下が、無理やり一緒に登校させるというくだらない提案をしたためだった。

私とアーロンは交流が少ない。それはアーロンが私を毛嫌いしているせいでもあるし、私も必要がない限り彼とできるだけ距離を置いているせいでもある。

同じ馬車に乗せたくらいで、私たちの間にある確執がなくなるわけがないのに。

私たちは学園の前につくと、お互い無表情で黙って入学式の会場へ向かった。

すると、ソプラノの可憐な声が聞こえてきた。

「すみませぇーん。私、迷っちゃって。よかったら講堂まで案内してもらえませんか？」

赤銅(しゃくどう)色の髪にエメラルド色の瞳をした少女が、芝生の上を走ってきた。

彼女が着ているドレスを見る限り、高位の貴族ではない。どうも既製品のようだから、下位貴族だろう。

私は彼女を見て思った。ヒロインの登場だ、と。

「私、リリアン・アーティスって言います」

私たちの目の前までやってきたリリアンは、頼まれてもいないのに自己紹介を始めた。

本来なら許可もなく王族に話しかけたり、無闇に近づいたりするのはタブーだ。

学園ではそういった社交界のルールも甘くなるが、それでも自分から積極的にマナー違反を犯そうという猛者(もさ)はいない。

けれど、人好きで天然で、おっちょこちょいなリリアンは、目の前にいるのが自分よりも高位の貴族だとは気づいていない。ましてや、片方が王族だなんて。

「アーティス？　知らないな」

アーロンはリリアンの行動に特に不快さを感じていないようだ。

純粋に思い当たる名前がなくて首を傾（かし）げるアーロンに、リリアンは苦笑した。

「知らないのも仕方ありませんわ。しがない男爵家ですもの」

「そうか。俺は、アーロン」

「……アーロン？　アーロンって……え？　嘘？」

リリアンはアーロンを凝視（ぎょうし）する。

「アーロン……殿下？」

「ああ。そうだ」

「っ。も、申し訳ありません。殿下とはつゆ知らず。私、なんて無礼を」

ものすごい勢いで謝るリリアンに、アーロンは「気にするな」と言う。

「ところで、講堂に行くんだろう。俺も今から向かうところだ。よければ一緒に行かないか？」

「いいんですか！」

「ああ」

「では、お願いします」

うん。ゲーム通りの展開だ。アーロンがいつもの横柄な態度を取らないところを見ると、この庇護欲をそそる少女に好意を抱いているのかもしれない。

このままリリアンがアーロンを篭絡してくれて、死罪エンドを回避できれば私は晴れて自由の身だ。

実際問題、男爵令嬢が王族と婚姻できるのかは疑問だけど。

そこは二人で頑張ってくれ。私は機を見て喜んで婚約を解消するから。

◇◇◇

学園に入学して、一ヶ月ちょっと。

私はアーロンの婚約者になってから家庭教師をつけてもらっていたため、特に問題なく授業についていけている。

殿下の婚約者になった、唯一のメリットだったな。

魔法の授業も問題ない。魔力が多い分、周りに合わせてコントロールするのが難しいけど。

魔法師団を目指す生徒たちには、剣術や体術を学ぶ騎士のための授業もある。そちらの授業では女は私一人だけなので少々やりづらかった。

男に交ざって訓練に励む私を、周囲は遠巻きに見ているという状況だ。

その上、私は桁外れに強い魔力を持っている。

結果、私は学園でも孤立していた。

でもまぁ、いいか。私は魔法師団に入るために勉強しに来ているのであって、誰かと仲良くしたくて学園に通っているわけではない。

いろいろなことを諦めた私は、授業以外の時間は教室の隅で本を読むのを日課にしていた。

「よぉ」

授業の合間に本を開こうとした時、誰かが気軽に声をかけてきた。それだけで一気に周りに緊張が走る。

誰かが声をかけただけで警戒しないといけないほど、凶暴な生き物だと思われているのか。

私は溜息をつきたくなった。

「俺はアラン・アルベルト」

教室の空気も意に介さず、アランはニカッと笑った。茶色の髪に金色の目をした、平民の悪戯小僧のような印象を与える男だ。だけど確か、彼は現宰相の一人息子だったはず。

「セシル・ライナスです」

私に笑いかけてくれる人間は今までいなかったので、戸惑いながらも挨拶を返す。

名乗ったところで、そういえば彼も攻略対象じゃなかったっけ？　と思い出した。

ヒロインが彼のルートを選んだら、私はどうなるんだったっけ？

ちょっと記憶の糸を手繰ってみたけれど思い出せなかった。

「知ってる。あんた有名人だもんな」

「そうですか」

そんなことはいちいち言われなくても分かっている。

けれど、アランが言うと嫌みに感じないのが不思議だ。

「あんたいつも一人だな」

「……」

「なぁ、なに読んでんの？」

「魔法に関する本ですわ」

　私は一旦本を閉じて、アランに表紙を見せる。

「小難しい本読んでんな。俺には無理だ」

　そう言ってアランはケラケラ笑う。

「セシル様って頭がいいんですね。私には無理ですぅ」

　アランとの会話に、ソプラノの声が割り込んできた。リリアンだ。

　ゲームで彼女を動かしていた時はなんとも思わなかったけれど、リリアンってこんな猫撫で声で話すキャラだっただろうか？

　なんとなくだけど、私は現実のリリアンに違和感を覚えていた。

　リリアンはアーロンとの仲を順調に深めているようで、最近はますます図に乗っている。

　ゲームの攻略対象はもちろん、それ以外の男性……特に高位貴族で婚約者のいる人に色目を使っているようだ。多くの男性は貴族としての良識があるのでリリアンのしつこい誘いを断り続けているが、一部の人間は遊び半分でリリアンに手を出そうとしたり、中には本気になる人もいた。

　そんな彼らが婚約しているのは、だいたいが気位の高いお嬢様だ。たとえ政略的な婚約であっても、下位貴族の女が自分の婚約者に手を出すのは面白くない。

男子生徒にはちやほやされているリリアンも、女子生徒の間での評判は最悪だった。

「セシル様、たまにはみなさまとお話ししませんか？　一人で本ばっかり読んでるなんてつまらないと思います」

リリアンは提案するけれど、私には残念ながらお話しする友人がいないのだ。

それはもちろん、この一ヶ月同じ教室で過ごしてきた彼女は分かっているはずだけど。

現実のヒロインって性格悪いな。まぁ、アーロンとはお似合いなのかも。

「お気遣いありがとうございます、アーティス男爵令嬢。ですが、なにをよしとするかは私が決めることですから」

「まぁ！『アーティス男爵令嬢』だなんて。リリアンと呼んでくださいな」

「私は礼儀を重んじるので」

親しくもない相手の名前を呼ぶあなたと違って、そこら辺のマナーはしっかりしているつもりだ。なんなら、あんたも見習え。

「二人とも、その辺にしたら？　それより、ライナス公爵令嬢。俺もセシルって呼んでいい？　俺のことはアランでいいから」

まだまだ続きそうな会話を、アランがぶつりと切った。私は肩を竦(すく)めて応じる。

断る理由もないし、なんとなく彼のことは嫌いではなかったから。

「どうぞお好きに」

「じゃあ、セシル。今日、一緒にお昼食べない？　いつも一人だろ。俺、セシルと食事してみたかったんだよね」

まさかのお誘いに、私は一瞬固まる。

食事に誘われたことなんて、今まで一度もない。

混乱して黙り込んでしまった私に、アランは「ダメかな？」と捨てられた子犬のような顔をする。

あれ？　確かゲームにはこんな流れないよね。ここはヒロインを誘うところではないかな？

ちらりとリリアンを見れば、彼女も目を見開いて固まっていた。

ん？　なぜ君が固まる？

ああ。あれか。化け物扱いされている私を誘う人間がいるとは思わなかったということか。私も、想像してなかったよ。

視線をアランに戻すと、彼は私の返事を不安げに待っていた。断る理由はないし、一人で食べるご飯は確かに味気ない。

「……わ、私でよければ」

「そっか！　よかった」

喜ぶアランとは対照的に、リリアンはムッとする。

「アラン様、私もご一緒して構いませんか？」

リリアンはいつもの可愛らしい笑みを浮かべて聞く。それに対してアランは邪気のない笑顔を向けて「構うよ」と言った。

これにはリリアンも凍りついた。まさか断られるとは思っていなかったのだろう。

「俺はセシルと食べたい。君は邪魔」

アランは笑顔でそう一刀両断した。

この男、なかなか容赦のない性格をしているようだ。

「注目の的（まと）だね」

「あなたがいるからですわ」

食堂に入った私とアランを、生徒たちがガン見してくる。

今まで、ちらちらと様子をうかがわれることはあったけど、こんなふうにじろじろ見られることはなかった。

「なら、見せつけてやろうか？」

悪戯心満載の顔で笑ったあと、アランはわざと私の肩を抱き、自分のほうに引き寄せる。ざわりと食堂の空気が揺れた。

アランはそんな周囲を見回して、にやりと笑う。

「あまり人をからかうものではありませんわ」

私はアランの悪戯に呆れ顔をする。

こういうことはヒロインとしてくれ。そんな私の念が通じたのか、アランはすぐに離れて肩を竦める。

「だって、あいつら面白いぐらいに反応するから」

私を恐れることなく近づいてきたり、周囲を翻弄したりと面白い人だ。そのせいか、私の口元には無意識に笑みが浮かんでいた。

隣で自然な笑みを零すセシルを見て、ますます彼女への興味が湧いた。

セシル・ライナス。

国一つ滅ぼせるぐらい強い魔力を持った公爵家の令嬢が、同じ学園に入学することは前から聞いていた。

彼女は誰よりも強い魔力を持って生まれた。そのせいで周囲から怖がられたり、化け物扱いされたりしている。

彼女はある意味有名人で、注目の的だったから、学園のどこにいてもすぐに見つけられた。

婚約者であるアーロン殿下との仲は噂通り悪いようで、彼女に近づく人間もいない。

俺自身も、彼女に大した興味はなかった。

けれどある日、彼女が遅くまで学園に残って、図書室で難しい魔法の本と睨めっこしているところを見た。

明くる日には練習場で一人、魔力をコントロールする訓練をしているところを。

魔力は強ければ強いほど、コントロールが難しくなる。だから彼女が魔法を使うには、人一倍の技術が必要だ。

それから俺は、なんとなく気になってセシルの姿を追うようになった。

そうしてわかったのは、彼女が毎日夜遅くまで学園に残り、勉強や訓練を重ねているということ。

セシルは誰も見ていないところで一人、努力しているらしい。

そんなセシルに、俺は強い興味を抱いた。

思い切って声をかけてみたら、彼女は普通の令嬢だった。

サファイアのような目とルビーのような目に見つめられて、それだけで魂を奪われるんじゃないかと思えるぐらい強く、彼女に惹かれた。

◆　◆　◆

アランと食事をともにしてから、彼はなにかと私に構うようになった。

最初は戸惑いが大きかったけれど、アランといる時間は不思議と嫌な感じはしない。

私も次第にアランを受け入れるようになり、彼は学園での最初の友人になった。

そんなある日――

ガチャンッ。

「え？」

先生に教材を取ってくるよう頼まれ、倉庫に来たのだが……

教材を探していると、開けたままにしていた倉庫のドアが閉まる音がした。

続いて、鍵をかける音も。

私はすぐさま近くにあった台の上に乗り、窓の外を見た。

すると、走り去っていく赤銅色の髪の女が見えた。この学園でそんな髪色をしている女子生徒は一人しかいない。

リリアン・アーティス男爵令嬢。

「……どういうつもりかしら？」

台から下りてドアを確認すると、やはり鍵は締まっていた。まさか、こんなことになるとは思わなかったので、鍵はドアにさしたままだったことを思い出す。

「こんなことをしても意味がないのに」

先生にはあとで事情を説明して謝っておこうと思い、私は魔法で扉を破壊した。

「セシル」

倉庫から出た私は、ちょうどこちらに向かってくるアランに出くわした。

「あら、アラン。どうしたの？」

けろっとしている私に、なぜかアランは苦笑する。

「遅いから迎えに来たんだけど……」

そこまで言って、アランは破壊されたドアを見る。

「なにかあったみたいだね」

「大したことではないわ。意味が分からないけれど」

「彼女にはあまり近づかないほうがいい。君にとっては取るに足らないことでも、なにを考えているか分からない以上、油断は禁物だよ」

私はまだなにも言っていないけれど、アランにはすでに見当がついているようだった。

「こっちでもいろいろ探ってみる」

「別に必要ないわ」

「念のためだよ」

まぁ、私が下手に動いてゲームのように処刑されても困るので、アランの協力を受けたほうがいいだろうな。

「分かったわ。お願い」

「うん。じゃあ、このドアについては一緒に謝りに行こうか」

「私がしたことだから私一人で行くわ」

「いいから、いいから」

アランは意外と押しが強い。

そして私は意外と押しに弱かったようだ。

結局、なぜか関係のないアランも一緒に職員室へ行くことになった。

「ライナスさん。あなたにお願いしたのに、アーティスさんが鍵を返しに来たからおかしいなと思ったのよ」

私に話を聞いて、先生は不思議そうな顔をしていた。

「そうですか。彼女はなにか言っていましたか？」

「『倉庫の中には誰もいなかったのに、なぜか鍵がさしっぱなしだったので返しに来ました』と。彼女、ちゃんと中を確認しなかったのね。この件は先生のほうから注意をしておきます」

嘘だ。リリアンは初めから私を閉じ込めるつもりだったに違いない。

けれど証拠はないのでそう言うわけにもいかない。

「そうですか。分かりました。お願いします」

私はそれ以上なにも言わずに踵を返した。

隣でアランが不満そうな顔をしているけど、私だって正直、納得はいっていない。

でも、仕方がないのだ。証拠がないのだから。

二人して不満を呑み込み、職員室を出た。

「セシル、あまり一人にならないで。可能な限り、人目のある場所にいて」

それはリリアンの悪事の目撃者を増やし、こちらの正当性を明らかにするためだろう。

良くも悪くも周囲から注目される私には、なかなか酷なお願いだ。でも、アランはそれを承知の上で言っているのだ。

「分かったわ」

多少の不快感は我慢するしかない。私だって、リリアンの思惑通りに事が進むのは癪だもの。

それにしても、ゲームではセシルがリリアンをいじめるんじゃなかったの？　なんで私がいじめられているんだろう。不思議だ。

この出来事を境に、なぜか私がいじめの対象になってしまった。

ある日中庭のベンチで読書をしていたら、上から大量の水が降ってきた。

急な出来事に、周囲の人たちはぎょっとして私を見る。

「ラ、ライナス公爵令嬢。大丈夫ですか？」

いつもなら怖がって誰も近づいて来ないのに、さすがに憐れに思ったのか、若干怯えながら一人の令嬢が近づいてきた。

周囲にいる人たちの目にも、戸惑いと心配の色が浮かんでいる。

「ええ、大丈夫ですわ。この程度、すぐに乾かせますもの」

私はにっこりと笑って風魔法を使う。すると暖かい風が私を包み、私の髪と服を瞬時に乾かした。

その時、アーロンとリリアンがやってきた。

「いったい、なんの騒ぎだ」

面倒なのが来たな、と私は内心舌打ちをする。

アーロンに肩を抱かれたリリアンを見て高位貴族の令嬢は眉をひそめるが、二人は気づいていない様子だ。

「アーロン殿下、実は……」

近くにいた生徒の一人が事情を説明する。

話を聞いたアーロンは私を見て、鼻で笑った。

これには周囲の人たちもびっくりだ。てっきり私のことを気遣うとでも思っていたのだろう。

そんなわけないじゃないか。だって、彼は屑男(くずお)だもの。

「またか」

……また？

「どうせ、自分でやったのだろう。そんなに俺の気を引きたいのか？　自分を被害者にしたてあげてまで」

ムカつく。今すぐ、殴り飛ばしてしまいたい。

だけどそんなことをすれば、バッドエンドに近づいてしまう。

「倉庫での一件も聞いている。閉じ込められたと嘘をついた挙句、リリアンが犯人だとでっちあげただろう」

リリアンはアーロンの腕の中でくすりと笑っていた。

私を心配して声をかけてくれた令嬢は、それに気づいたようだ。

「どのようなお話をお聞きになったのかは存じ上げませんが、私は先生に頼まれ、教材を取りに行ったところ、倉庫に閉じ込められたのです。脱出する際にドアを壊してしまったので先生に事情を話したところ、先生はアーティス男爵令嬢が中に人がいることを確かめずに鍵をかけたのだろうとおっしゃったのですわ」

私がそう言うと、リリアンは目に涙を溜めて、はしたなくも大声を上げた。

「私はちゃんと確認しましたわ。倉庫の中に向かって声をかけました。でも、あなたは物陰に隠れていて、なにもおっしゃらなかった。だから、私は誰もいないのだと思ったんですわ」

そんな声、聞こえませんでしたけど。

「決して意図して閉じ込めようとしたわけではありません」

　そう言ってリリアンは泣き出してしまう。

　そんなリリアンをアーロンは優しく抱きしめ、彼女を泣かせた私を睨みつけた。

　リリアンの三文芝居は無視して、私は可愛く見えるように首を傾げる。こういう時は周囲に好印象を与えて、味方につけるのが効果的だ。

　男爵令嬢ごときが婚約者のいるアーロンの腕に抱かれている時点で、リリアンの印象は最悪。なら、この場は私に有利だ。

「見えもしないのに、私が物陰に隠れているとよく分かりましたわね」

「そ、それは、私の位置からは見えなかったので、多分そうだと……」

「でしたら、『物陰に隠れて』という表現はおかしくありませんか？　それではまるで私がわざとあなたから身を隠していたようにも聞こえますわ」

「こ、言葉のあやですわ」

　眉間に皺を寄せて怒るリリアン。けれど彼女の目は濡れていなかった。

　さっきのはやっぱり泣きまねか。芝居をするなら嘘でも涙くらいは見せないと。

「そう。では、今後は気をつけてくださいましね。貴族というのは人の揚げ足を取りたがるものですから」

「そんな下卑たことをするのはお前ぐらいだろうよ」

ふん、と鼻を鳴らすアーロン。

そんな彼には、周囲から呆れた視線が向けられていた。

「そうですか。それと、アーティス男爵令嬢」

「な、なんですか」

今度はなにを言われるのだろうと、リリアンは怯えているようだ。

怯えるぐらいなら喧嘩を売る相手を選べばいいのに。

「声をかけたとおっしゃっていましたが、私の耳には届きませんでしたわ。もし、本気で閉じ込める気がなかったなら、もう少しきちんと確認することをおすすめいたします。私だから自力で脱出することもできましたが、当然そうできない者もおりましょう。そうなれば『ごめんなさい』ではすまないことぐらいお分かりですわよね？」

にっこりと私が微笑むと、リリアンは憎々しげに私を見てきた。

「ええ。あなたがいちゃもんをつけてくることがあるかもしれませんので、気をつけますわ」

いつも可愛らしく振る舞っているリリアンの、そんな姿を初めて見たのだろう。男子生徒たちは驚いた顔でリリアンを見ていた。

微笑む私と違って、リリアンは怒りを露わにしたまま、アーロンと一緒に中庭を去っていった。

「まぁ、怖い」

「恐ろしい子だね」

いつから見ていたのか、アランが私の隣に来た。

「大丈夫だった？」

「ええ。それより、いつから見ていたの？」

「殿下が来たあたり」

つまりほとんど全部見ていたということじゃないか。なら、すぐに出てきてくれてもよかったのに。

そう不満に思ったのが伝わったのか、アランは苦笑して私の頭を撫でた。

「守られるだけのお嬢様ならすぐに出ていって助けたよ。でも、君は違うだろう」

「当然よ」

「安心して。彼女の動向は部下に追わせているから。近いうちに嫌がらせの証拠を掴んで黙らせるよ」

「……それより、いつまで私の頭を撫でていますの？」

「ごめん。触り心地がよかったから」

そう言って笑うアランに私の胸がどくんと鳴って、頬が一気に熱くなる。

「……この、タラシ」

そう呟いた私に、アランはただ微笑むだけだった。

◆　◆　◆

俺はアラン様の部下、ルヴィ。主に諜報活動を担当している。

俺が今調べているのは、リリアン・アーティス男爵令嬢だ。

「なにが公爵令嬢よ。だいたい、魔力がこの国一強いって本当のことなのかしら。使ったところ、見たことないし。王族に取り入るための嘘って可能性もあるわよね」

リリアンは誰もいない教室でそんなことを言いながら、自分の教科書をびりびりに破ったり、アーロン殿下に買ってもらったドレスをぐちゃぐちゃにしたりしてゴミ箱に捨てている。

その表情はいつも男に見せている媚びたような笑顔ではなく、女の醜さを寄せ集めたような笑みだった。

典型的な貴族令嬢だな。

俺は彼女の顔がばっちり映る位置で録画用の魔道具を構える。

うん。ばっちり映っている。

「私にだって王族の妻になる権利がある。だって、私は正真正銘の光の魔法の使い手なんだから。魔力が強いだけのセシルとは違う。本当はアーロン様よりブラッド様のほうがいいんだけど。格好いいし、次期国王だし。でも、なかなかガードが固くて近づけないのよね。アーロン様で妥協するか、それともブラッド様への足がかりにするか。迷うわ。下手に欲をかいて今までの努力を無駄にはしたくないし」

強欲な女だ。その音声も、ばっちり記録されている。

リリアンがそんなくだらない悩みを呟（つぶや）いているところへ、アホ――アーロン殿下が来た。

「リリアン。どうかしたのか？　なにか悩んでいるように見えたが」

「……アーロン様」

リリアンは一瞬驚いた顔をしつつも、すぐに口に手を当て、涙をこらえるように顔を伏せる。

「リ、リリアン⁉　どうした？」

急に泣き出したリリアンに戸惑うアーロン殿下。それに構わず、彼女はアーロン殿下に抱きついた。

変わり身の早さはすごいけどさ。あんなのにころっと騙(だま)されるのか。いくらなんでもアホすぎるだろ、アーロン殿下。

どう見たって大根役者じゃないか。あんなののどこがいいんだか。

胸だって寄せ集めて、大きく見せているだけのまがい物だし。

いつまで続くんだろう、この三文芝居。

「リリアン？」

「も、申し訳ありません。アーロン様。せっかく買っていただいたドレスが……」

涙ながらに語られて、アーロン殿下はゴミ箱に捨てられたドレスに気づいたらしい。

それと一緒に、びりびりに破かれた教科書もある。

「うっ……くっ。ひっく……。セ、セシル様が、アーロン様に……私は相応(ふさわ)しくはないとおっしゃって……」

そう言いながら泣くリリアンをアーロン殿下は優しく抱きしめる。

いや、あんた。自分で破ってたからな。ばっちり撮ってるからな。

アーロン殿下も、セシル様という婚約者がいながらよくやるよ。

「なんとひどい。下劣（げれつ）な魔女め。リリアン、自信を持て。お前ほど、王族の妻に相応（ふさわ）しい女はいない」

「アーロン様……」

涙で潤（うる）んだ目で見上げるリリアン。ほんと、狡猾（こうかつ）な女だ。

「セシルとはいずれ、婚約破棄する。そうしたら、俺と婚約してくれるか？」

「はい」

リリアンは嬉しそうに、頬を染（そ）めながら答える。

二人は軽くキスをし、お互いの存在を確かめるように見つめ合ったあと、今度はより深くキスをする。

「愛していますわ、アーロン様」

彼の胸に頬を寄せるリリアン。

「俺もだ。リリアン、愛している」

その言葉に、にやりと醜悪（しゅうあく）な笑みを浮かべるリリアン。

女は恐ろしいね。それに気づかないアーロン殿下って間抜け。

◆　◆　◆

その日、私はアランといつものように食堂で食事をしていた。

そこへアーロンがリリアンとともにやってきて騒ぎ始めた。

「お前、リリアンの教科書やドレスをめちゃくちゃにしただろう」

当然だけど、食事をする場で騒ぐことはマナー違反だ。周りにいた貴族たちも相手が王族であることを忘れて眉間に皺を寄せ、不快感を露わにしている。

アランはまたかと溜息をつき、私は急に話しかけてきた二人を無視して食事を続けた。

そんな私の態度が気に入らなかったのだろう。彼はさらに声の音量を上げた。

「聞いているのか！」

それに反比例するように周囲の視線は冷めていく。

食事が途中であるにもかかわらず席を立つ者もいた。

「そのような大声を出さずとも、聞こえていますわ」

「だったら返事ぐらいしろ」

私は食事を中断してアーロンを見上げた。

私の視線にわずかにたじろぐアーロン。威圧した覚えはないのだけど。

「見ての通り、私は食事をしています」

「王族からの話よりも食事を優先させるのか、お前は」

「ええ。だって、ここは食堂ですもの。そして、食事中は会話しないのがマナーですわ」

あくまでも自分の行動に正当性があると主張すると、アーロンは初めて周りの様子に気づいた。

そこでやめておけばいいのに、そうはしないのがアーロンである。

「黙れ」

黙るのはお前だよ、という言葉はさすがに呑み込んだ。

なんでこんなのが乙女ゲームの攻略対象なんだろう。やっぱり、フィクションと現実は違うということなのかな。

「先ほどの授業の間に、リリアンの教科書やドレスをビリビリに破って捨てただろう」

アーロンは怯(おび)えた様子のリリアンの腰を抱きながら言う。

そういえば、そんなイベントがあったわね。

セシル・ライナスがリリアンの持ち物をめちゃめちゃにして、アーロンがリリアンを庇(かば)うイベント。

「なんのことだか存じ上げませんわ。それに、その時間帯は授業に出ていました。証人もいます」

私は現役の魔法師団員が行（おこな）う特別授業に参加していた。証人はたくさんいるので、まったくの濡れぎぬだとすぐに分かるだろう。

自作自演か、彼女をよく思っていない貴族の誰かがやったに違いない。

ご苦労なことだ。おかげでこっちはいい迷惑。

「とぼけるな！　大方、取り巻きにでもやらせたんだろう」

「私に取り巻きと呼べる者はおりませんが」

なんせ友達が少ないもので。

まぁ、おべっかしか使わない殿下のご友人みたいなのがいても邪魔なだけだし。

「ふん。愚かな発言だな。そんなの、お前の魔力で脅（おど）して言うことを聞かせたのだろう。野蛮人（やばんじん）のやりそうなことだ」

「アーロン殿下、いくら殿下でも公爵令嬢である彼女を貶（おとし）めるのはどうかと思いますよ」

さすがに見かねたのか、アランが庇（かば）おうとしてくれる。

「それに、婚約者でもない女性に気安く触れるのはいかがなものかと思います。セシルを責める前に、まずはご自分の行動を見つめなおしてはどうですか？」

アランの口調は丁寧ではあるけれど、目は明らかに相手を見下している。

アーロンは図星を突かれたからか、目を吊り上げてアランに怒鳴った。

「黙れ！　名乗りもせずに無礼な！　だいたい、俺はセシルと話しているんだ。関係のない奴は黙っていろ」

横暴な彼に対し、アランは肩を竦めるだけ。その態度にアーロンはさらに怒る。

本当に騒々しい人だ。

「セシル、婚約者である俺がいながら他の男に媚を売るなんて、この淫乱がっ」

「その発言は我が公爵家とアランに対する侮辱と取りますが、よろしいですか？」

さすがにかちんときた。

そのせいで、抑えていた魔力がわずかに滲み出てしまう。

魔力にあてられてアーロンは顔色を青くするが、私は構わなかった。

「ふ、ふん。俺は本当のことを言ったまでだ」

アーロンは胸を反らして、尊大な態度で言った。虚勢を張っているのがバレバレだ。

「そうですか。……アーティス男爵令嬢」

「は、はい」

私の魔力にあてられたせいか、リリアンの顔色も悪い。

でもね、リリアン。あなたが私にしていることは、あなたのご両親が知ったら青ざめるどころではすまないことなのよ。

私は怯えるリリアンを見て、にっこりと笑った。

「よかったわね。親切な方がドレスを台無しにしてくれたおかげで、新しいドレスをおねだりできるじゃない」

「おねだりなんて、そんな……」

ショックを受けたような言葉とは裏腹に『羨ましいでしょう』と言いたげな目をしている。

それを見た私は笑いそうになるのをこらえた。

「婚約者である私を差し置いていいご身分ですこと。さすがは男爵令嬢。浅ましいことね。私ならおねだりなんて、とてもできませんわ」

リリアンは額に青筋を立てている。

彼女はこれで、庇護欲をそそる令嬢を完璧に演じているつもりなのだろうか。だとしたら大した大根役者だ。

「アラン、私はもう行くわ。あなたはゆっくりしてらして」

まだぎゃんぎゃん喚いているアーロンを残して、私は食堂を出た。

けれどすぐにアランがあとを追ってくる。

「セシル。しっかり食べないと、体に悪いよ。ただでさえ、君は痩せすぎなぐらいなんだから」

そう言う彼も、アーロンたちのせいで碌に食事をとっていないだろうに。

「それから、セシル。さっきの教科書とドレスの件、アーティス男爵令嬢の自作自演だって証拠は押さえてあるよ。部下に映像を撮らせた。彼女は随分と奔放な性格のようだね。部下を少し張りつかせただけで、それ以外にもいろいろ出てきたよ」

悪い顔をして言うアラン。アーティス男爵令嬢を相当毛嫌いしているらしく、彼女の弱みを握ったことを心底楽しんでいるようだった。

「それはぜひ詳しく聞きたいわ。映像も見せてもらえる?」

「せっかくだから、マナーのことは一度忘れて、外で食べながら話さないか?　いい天気だし。軽食程度ならすぐに用意させるよ」

「そうね。そうしましょうか」

私はアランがいてくれてよかったと心の中で感謝しながら、彼の提案に乗った。

◆◆◆

アーロン殿下たちが食堂で騒ぎを起こした日の夜、俺は王宮に潜入させていたルヴィから報告を聞いていた。

アーロン殿下がリリアンに買っているドレスや宝石。それらはすべて国費から出されていたらしい。

そんな彼の所業に眉をひそめる者もいれば、好都合だと喜ぶ者もいる。

アーロン殿下がバカであればあるほど扱いやすいと考える貴族たちだ。

そういう輩(やから)はたいてい、優秀なブラッド殿下が王位につくのは困ると考えている。

ルヴィの報告によると、そういった数人の貴族が結託して、ブラッド殿下の暗殺を企(くわだ)てているということだった。

「壁に耳あり……って言葉を知らないのかな、まったく。そんな物騒な話を王宮内でするなんて。正気を疑うよ」

「いかがいたしますか？」

ルヴィが問う。

「ブラッド殿下には俺から報告しておく。君は父上にこのことを報告して。それが終わったら、セシルの護衛を。彼女は気配に敏いから気づかれないように気をつけて」

「……」

命令に不服があるのか、ルヴィはもの言いたげに見てくる。

「なに？」

「セシル・ライナスは公爵家の人間です。そして、アーロン殿下の婚約者でもあります」

つまり彼女を守るのは公爵家と殿下の役目で、自分たちの仕事ではないと彼は言っているのだ。

「正論だね。でも、そのどちらもが役割を果たさないのだから、仕方がないだろ」

「彼女は自分の身を守れない弱者には見えませんが」

ルヴィの言葉にアランは苦笑した。

彼の言う通り、セシルは強い。守られるだけの弱い令嬢とは違う。でも、それは彼女を守ろうとしなくてもいい理由にはならない。

「どんなに強くとも、どんなに強大な魔力を持っていようとも、一人でできることには限りがある。強いから放っておいていいなんて、愚か者の意見だよ。俺の部下にそんなバカはいないと思っていたけど」

「っ」

冷たく見つめると、ルヴィは顔を青くして黙り込む。

「誰もあの子を守らない。強いから、守らなくても大丈夫だと思っている。確かにセシルは強くて、気高い。孤高の存在だよ。だけど俺は、そんな彼女が歯がゆい」

「……」

ルヴィはじっとアランを見つめてくる。

「彼女は俺の大切な友人だ。必ず守り通せ」

「御意」

ルヴィはもう、なにも言わなかった。

彼が姿を消すと、アランは王宮に行くために従者を呼んだ。

馬車を用意させ、従者を一人伴って（ともな）ブラッド殿下を訪ねる。

こういった唐突な訪問は珍しいことではない。なので、ブラッド殿下はいつも通り、人好きのする笑顔で俺を招き入れた。

「――なるほどね。私は近いうちに暗殺されてしまうということか」

俺の話を聞き終えたブラッド殿下は不敵に笑う。

そこに死に対する恐怖は微塵（みじん）もない。

第一王子として幼い頃から命を狙われ続けてきた彼にとっては、暗殺の危険など慣れ親しんだ日常の一部になっていたのだ。

「あなたは知っていて放置していたのでしょう」

俺は呆れた顔をブラッド殿下に向けた。

「ご自分の命を餌に使われるとは」

「王族の命だ。これほど高級な餌もあるまい」

「確かに、それに見合った獲物ではありました。上品さは欠片もありませんが」

「相変わらず辛辣だな」

ブラッド殿下はケラケラと笑ったあと、じっと俺を見つめた。

「機嫌が悪いようだが、なにかあったのか？」

完全に隠していたつもりだが、長年の付き合いであり、また洞察力の鋭いこの男にはすぐにバレてしまう。

「些末事です。気にしないでください」

そう答えると、ブラッド殿下はそれ以上なにも言ってこなかった。

ブラッド殿下は決して不必要に踏み込んでこない。この心地いい距離感のおかげで、俺は彼と長く付き合ってこられたのだ。

「一つうかがってもよろしいですか？」

「なんだ？」

「リリアン・アーティス男爵令嬢は、アーロン殿下を失脚させるためにあなたが仕掛けた罠(わな)ですか？」

俺の質問に、ブラッド殿下は首を左右に振る。

「確かに彼女は私にとって非常にいい働きをしているけどね。でも、あんなバカは使わないよ」

なんだかんだ言いながら、ブラッド殿下もかなり辛辣(しんらつ)だと思った。

「彼女のバックに誰がいるのか、君のほうでは掴めていないのか？」

「はい。ですから、あなたの差し金だと踏んだんですが」

「君に探れないんだったら、そう考えてもおかしくはないね。でも、私じゃない。使い勝手の悪い駒(こま)は使わない主義でね」

「そうですか。分かりました。別方向から探ってみます」

「ああ、頼む。男爵家の娘のことばかりに気を取られて、本命を蔑(ないがし)ろにするなよ」

なんのことか分からず怪訝(けげん)な顔をすると、ブラッド殿下はいじめっ子のような顔をして笑う。

「あの男爵家の小娘は、我が弟の婚約者殿にいたくご執心のようなんでね。バカだからって侮れない。いや、むしろバカだからこそ侮ってはいけない」

執務机の上で手を組み、真剣な目でブラッド殿下が言う。その視線に、自然と気が引きしまった。

「バカはなにをするか予想できない。だからこそ厄介なんだ。特にああいう連中は周囲を盛大に巻き込んで自爆しそうだ」

「あなたはそれを狙っているから、なにもしていないんでしょう。それどころか、陛下たちにも自分が対処すると言って、手を出させないようにしていますよね？　陛下の信頼が厚いあなたのことだ。そう言えば、誰も介入しないでしょう」

ブラッド殿下は静かに微笑むだけで、なにも答えなかった。だが、口元に刻まれた笑みがすべてを物語っている。

「言われなくても彼女は守ります。俺の大切な友人なんで。それでは失礼します」

そう言って部屋を出た俺の耳に、ブラッド殿下の「素直じゃないな」という呟きが聞こえた気がした。

◆　◆　◆

「セシル」

食堂の一件から数日後。

中庭に面した日当たりのいい廊下を歩いていた時、アーロンがまた眉間に皺(しわ)を寄せて私を睨(にら)みつけてきた。

またか、と私は嘆息(たんそく)する。呆れた態度を隠すことすらもはや億劫(おっくう)だ。

周囲にいた生徒たちが何事かと私たちに視線を向ける。

「聞いたぞ。お前、まだ懲(こ)りずにいじめをしているそうだな」

「は？」

まだもなにも、一度も誰かをいじめた覚えはありませんが。

なにを言われているのか分からなくて、一瞬思考が停止してしまったではないか。

私の隣を歩いていたアランも、アーロンの言葉に呆れていた。

それもそうだろう。王族であるアーロンが人目のある場所でそんな発言をすれば、それがどのような影響をもたらすか。

そんなことも考えずに、このバカ発言である。

いい加減にしてくれないだろうか。

どうせリリアンのホラ話を真に受けただけでしょ。

と、そこまで考えて、私の頭にある考えが浮かんだ。

もしかして、これっていわゆるゲーム補正ってやつか？

ゲーム通りに事が進んでいないから、私を悪役令嬢にするよう見えない力が働いているんだろうか。いや、そんなバカな話があるわけないよね。

「それは誰から聞いた話でしょうか？　以前から何度も申し上げておりますが、私はまったく身に覚えがありませんの」

不快感を露(あら)わにしながら私が聞くと、アーロンの顔に険しさが増す。

「被害者から直接聞いた」

彼の中では、私はすでに悪人なのだ。だから私の言葉はアーロンにとって、罪から逃れようとする浅ましい人間の言い訳でしかない。なんてくだらない。

「アーロン殿下。俺はアラン・アルベルトと申します」

以前、『名乗りもせずに』と言われたので、アランは皮肉も込めて名乗ったのだろう。

もっとも、愚鈍なアーロンはそのことに気づきもせずに言う。

「アルベルト？　ああ、宰相の息子か。なんだ？」

「先ほど、被害者から聞いたとおっしゃっていましたが、当然その真偽は確かめたのでしょうね？」

アランは失笑しながら問う。

対するアーロンは『なにを言っているこのバカは』という顔をした。

言葉にこそしていないもののそれがひしひしと伝わってきたので、アランの額には若干、青筋が浮かぶ。……笑顔は保っていたが。

「被害者がそう言っているのだから間違いないだろう。それ以上の証拠がどこにある？」

『どこにでもあるわ！』という言葉を、アランと私は根性で呑み込んだ。

私が出ても話が進まないと思って、この場はとりあえずアランに任せることにする。

「その被害に遭われた方というのは、どこのどなたなんですか？」

「リリアンだ」

やっぱり、と思ったのは私やアランだけではないはずだ。遠巻きに見ている野次馬たちも、いい加減この展開に飽き飽きしているに違いない。

アーロンの言葉を合図に、リリアンが陰からひょっこりと顔を出す。

「彼女の髪を鉄錆色だとバカにしたり、彼女が男爵家の出であることを理由に虐げているそうだな。身分を笠に着てそのような振る舞いをするなど、恥を知れ」

怯えた目をしているリリアンを落ち着かせるように、アーロンは彼女の肩をそっと抱いた。

「なぜ私がそのようなことをしなければならないのですか？」

アランに任せるつもりだったが、黙って聞いているなんて無理だった。

怒りで熱くなった頭を、私は必死に冷やそうとする。

「嫉妬しているからだろう」

「嫉妬？」

その言葉に私は一瞬、驚いた。

そしてアーロンにしがみつくリリアンを見つめる。彼女はそれだけでビクッと体を震わせた。

アーロンにはその動きが直接伝わったのだろう。リリアンを抱く手に力を込め、私を睨みつけてくる。

「嫉妬する理由がありませんわ。私は公爵令嬢、彼女は男爵令嬢。彼女の魔力は確かに高いですが、それでも私には及びません。容姿だって、彼女は確かに可愛いですけれど、私のほうが勝っていますわ」

とってもナルシストな発言だけど、すべて事実だ。私のような女性が『私の容姿なんて平凡ですよ』と言うほうがむしろ嫌味だろう。

「彼女が私に勝っているものなどありませんわ。お分かりですか、殿下？　私が彼女に嫉妬する理由などないのです。だって――」

私はにっこりと優雅な笑みを浮かべた。

それはまさに、数多の男性を誘惑し破滅させる、悪女のような笑顔だったと思う。

もう我慢ならない。

悪役令嬢らしく、歯向かってくる奴は徹底的に叩きのめしてやる。

私は化け物。なら、人間に危害を加えても問題ないよね。

「彼女と私とでは、立っている舞台が違いますもの。同じ舞台にすら立てない者に、わざわざ嫉妬する者はいませんでしょう？」

「……ひどい。ひどいわ」

リリアンは目に涙を浮かべて私を睨みつける。いかにも傷つきましたというような態度だが、その瞳には明確な敵意と殺意が宿っていた。

けれど、バカなアーロンは気づかない。

「彼女は光の魔法が使える」

光の魔法——それは怪我を治癒させる魔法だ。

それが使える人間は国に一人いるかいないかというぐらい稀少で、努力で身につけられるものでもない。まさに天からの授かりものなのだ。

怪我を治癒できる唯一の魔法でもあるので、使い手は重宝される。

「だから嫉妬したのだろう」

アーロンは、どうだと言わんばかりに胸を張る。

自信満々なのは結構ですけどね。あんたら、根本的なことをお忘れではないかしら。

「光の魔法が使えたくらいで私が嫉妬するには値しませんが……いいでしょう。仮に私が彼女をいじめたとして、本人の証言以外になにか証拠でも?」

「なんだと?」

私は笑みを消し、アーロンとリリアンを侮蔑の眼差しで見る。

隣にいたアランはそれを止めなかった。なにかあればいつでも援護できるように私の横に立ち続ける。

それは今まで一人で脅威に立ち向かってきた私には、とても心強かった。

一人でいることには慣れている。けれど平気だったわけではない。

ただ平気なふりをしていただけ。でも、今は違う。

私はもう一人ではないのだと、隣に佇むアランの気配が教えてくれた。

「男爵家の人間をいじめた疑いがあるというだけで、公爵家の人間を断罪できるのですか？　できませんよね。それどころか、確たる証拠もなく騒ぎ立てれば、困るのはアーティス男爵令嬢ですわ。だって、男爵家ごときが公爵家にいわれのない因縁をつけたのですもの。一族郎党、社交界から永久に追放して差し上げますわ」

リリアンは青ざめているが、まだ余裕があるように見える。それはアーロンが自分の味方だと思っているからだろう。

アーロンを味方にしたところで大した意味はないのに。

「なんて横暴な奴だ。権力を笠に着て、幼気な少女を脅すなんて」

私はアーロンに抱かれたリリアンに視線を向けた。

口元に醜悪な笑みを浮かべ、勝ち誇ったような目で私を見るリリアン。これのどこが幼気な少女なんだろう。

というか、やはりリリアン、性格が悪いな。

私よりもよっぽど悪役令嬢に向いている気がするけど。

そこまで考えて、はたと思った。彼女ももしかして転生者で、前世の記憶を持っていて、さらにあの乙女ゲームについても知っているのではないかと。

でも、仮にそれが事実だったとしても関係ないか。

仲良くしようとするのならともかく、敵対するなら排除するだけだし。

同じ転生者として苦労を分かち合う気も、傷を舐め合う気もない。

そんなのは無意味だ。どんなに願っても、どんなに望んでも、もうあの世界には戻れないのだから。

「セシル、お前は私に愛されているリリアンに嫉妬したんだろ」

私がリリアンに気を取られている間に、アーロンが不意打ちでとんでもない爆弾を落としてきた。

「はい？」

なにを言っているんだ、この男は。

私は幻聴かと思い、確かめるようにアランを見た。

彼は呼吸することも忘れてアーロンを凝視していた。周囲も水を打ったように静まり返っている。

ふむ。どうやら幻聴ではなかったようだ。

「殿下、それはおかしいですわ」

「なにがおかしい。事実だろう」

胸を張って言うアーロン。

それに対して、周囲から失笑が漏れる。そんな周囲の様子に、アーロンは怪訝な顔をした。

私は露骨に溜息をつく。これぐらいは許してほしい。

「まるで私があなたを愛しているかのような発言ですね」

「事実だろ」

「はい？」

「お前は俺を愛している。だから、俺に愛されているリリアンに嫉妬したんだろ。だがな、お前がなにをしようと俺がお前を愛することはない。俺のリリアンに対する愛が消えることはないからな」

私の今までの態度とか、自分が私にしてきたこととかを振り返れば、私が決してアーロンを愛していないことぐらい分かりそうなものだけど。

周囲の生徒たちもそれを知っているからこそ、アーロンの発言に引いているわけだし。

「殿下、天と地がひっくり返ろうとも、私があなたを愛することはないのでご安心ください」

わざわざそう言っても、この男はまったく聞いていやしない。

「それに！」と大仰(おおぎょう)に声を上げ、アーロンは私を指さす。

なんてはしたない。人に指をさすなと教わらなかったのかしら。彼は本当に王族なんだろうか。

「お前のような者は、王族の婚約者に相応(ふさわ)しくない」

面倒な男だ。さっさと終わらせてしまおう。

この婚約もろとも、アーロンをぶっ潰してやる。

「そうですか。それではいかがしますか？」

私はやけくそ気味に言う。

すでに答えは出ているようなものだが、それでも私は彼からの明確な言葉をもらう必要があった。証人はここにいる二十人以上の生徒だ。

「婚約を破棄させてもらう。お前のような化け物の血など、王家には必要ない」

多くの人の目がある中で、アーロンは宣言した。

それがどういう意味を持つかも、彼は分かっていない。周囲は青ざめながら私の反応を見た。

私は今までしたことがないくらいの満面の笑みを浮かべる。

「みなさま。今のアーロン殿下のお言葉、聞きましたわね？」

私は周囲に目を向けて同意を求めた。

彼らは戸惑いながらも、ぎこちなく首肯した。それに私はますます笑みを深める。

「ここにいる全員が証人です。殿下、みなさま、どうかそのこと、努々お忘れなきようお願い申し上げます」

私は道化師のように一礼し、その場にいる全員にお願いして踵を返した。

アランは私を『化け物』と呼んだアーロンを睨みつけながら、私のあとに続いた。

アーロンはそんな私たちを忌々しげに見つめ、リリアンは勝ち誇った笑みを浮かべた。

これで自分がアーロンの婚約者になれると思ったのだろう。

アーロンもリリアンも、事の重大さに気づいていない。

ああ、本当に愚かな人たち。

私は勝利を確信して一人、優雅に微笑んだ。

◆◆◆

「この大バカ者がぁっ！」

父である国王陛下より呼び出された俺——アーロンは、プライベートルームに入るなり拳で頬を殴られた。

華奢とまではいかないが、あまり鍛えていない細身の体は、踏みとどまることすらできずに吹き飛ばされる。後ろにあった扉が体を支えきれずに俺は倒れた。

「きゃあっ」

たまたま通りかかったメイドの前に転がる。

心配したメイドがすぐさま駆け寄ってこようとしたが、部屋の中から現れた父上の形相を見て、関わるべきではないと判断したらしい。そそくさとその場をあとにした。

「余が決めた婚約を、衆人環視の中破棄してきただと」

握りしめられた両の拳は、血管が真っ青に浮き出ていた。父上の怒りはまだ収まらないようで、体はプルプルと震えている。

「これは王家が望んだ婚約ぞ！　それを王家から破棄するなど、醜聞もいいところだ」

「しかし、父上。何度も申しました。俺はセシルと婚約破棄したいと」

「余も何度も言った。お前の意思など関係ないと」

「それはあまりにも――」

「黙れ！」

父上の一喝に俺は身を竦ませ、言葉を呑み込む。

「好いた奴でもいるのか？」

若干声を落ち着かせた父上に、俺は勢いよく首を上下に振る。

「リリアンとかいう男爵令嬢か？」

「……はい。結婚するメリットもあります。彼女は光の魔法を使えますから」

国に一人いれば奇跡とまでいわれる、光の魔法の使い手。

その使い手を王族に迎え入れることは、当たり前のように行(おこな)われてきた。

だからリリアンと一緒になるためには、まずセシルとの婚約を破棄しなくてはならない。

セシルは第一王子のブラッドと婚約させればいいだろう。

俺はそう考えていたのだが――

「このバカを、余が許可を与えるまで監禁しておけ」

「なっ！　お待ちください、父上」

「さっさと連れていけ。ああ、それとセシルを呼んでくれ」

父上に命じられた騎士たちは俺の腕を掴み、無礼にも無理やり部屋から引きずり出そうとする。

「貴様らっ！　王族である俺にこんなことをしてただですむと思うなよ！」

そう叫ぶ俺を見て、父上は深い溜息をついた。

「このたびは愚息がとんだ失礼を……なんと謝罪すべきか」

王宮に呼び出された私は、疲れ切った顔をする陛下を前にして、婚約破棄された令嬢とは思えないほど明るい笑みを浮かべた。

「謝罪は結構ですよ、陛下。行動で示してくだされば、私に文句はありませんもの」

陛下の顔がますます青ざめていく。

行動で示せ――それは一切の甘さも妥協も許さないという脅しでもあるからだ。

「陛下、私はとても傷つきました。貴族令嬢にとって婚約破棄されることほどの醜聞はありませんわ。どのような理由があろうとも、名に傷がつくのは女のほうですもの。それを衆人環視の中で言い渡されて……。しかも相手は第二王子殿下ですのよ。その影響力はいかほどでしょうね？」

この状況が楽しすぎて、私はつい饒舌になってしまう。

婚約破棄されるなんて、普通の貴族令嬢なら死んでしまいたいぐらいの傷だ。

なにが原因であれ女のほうに問題があるとみなされて、一生結婚もできないだろう。

そうなると、修道院行きはほぼ確実。

ただ、私はもともと魔法師団に入って自立する予定だったたし、前世の記憶があるおかげでそっちの価値観でもモノを見られるから、結婚できなくても問題はない。

でも、だからってタダで引き下がるのはごめんである。

陛下もそんな私の心境を察しているのだろう。頭を抱え、唸っている。

「陛下、アーロン殿下は年頃である私を『化け物』呼ばわりしたのですよ。みなさまの前で」

「い、慰謝料はきっちり払わせる」

「当然ですわね」

そのために私はわざとアーロンを挑発して、みんなが見ている前で婚約破棄させたのだから。

「婚約破棄の件はそれで構いませんが、みなさまの前で私を『化け物』呼ばわりしたことに対しては、どのような形で謝意を示してくださいますか？」

慰謝料ですべてをすませてやるほど私は優しくない。

この世界は私にとって甘くも優しくもなかった。だから私もそれにならうだけ。

私は疲れ切った表情の陛下を見る。

拳を握りしめて、湧き上がる罪悪感と痛む良心を抑え込んだ。

この世界で自分の身を守るために、優しさは捨てなければ。

「……一つだけ願いを申せ。余にできることであればなんでも叶えよう」

「分かりました。それで手打ちとしましょう。……ああ、そうでした。アーティス男爵令嬢のことですけれど……光の魔法の使い手だと聞きました。とすれば、王家としても手放したくはないですわよね？」

唐突な話題転換に、陛下は困惑したようだ。

「……あ、ああ」

陛下の言葉に、私は笑みを深めた。陛下の表情からは、彼が嫌な予感を感じ取っているのが分かる。それでも、私に逃がす気はない。

「アーロン殿下は今やフリー。私を責め、アーティス男爵令嬢を庇ったところを見るに、殿下は少なからず彼女に好意を持っているようです。ちょうどいいではありませんか。私の目から見てもお二人はとてもお似合いだと思いますわ。思い合う二人を引き裂くのは酷ですもの。お二人の婚約をお許しください。ゆくゆくはアーティス男爵令嬢をアーロン殿下の正式な妻として迎えるのがよろしいかと」

「そ、それは……」

陛下としては、むしろ一番避けたいことだろう。あの二人を一緒にしたら絶対に碌なことにならない。

「アーロン殿下には彼の手綱を握れる人間を新たにあてがうか、廃嫡するかを考えていらっしゃったのでしょう？　アーティス男爵家のほうは、今回の件を理由に取り潰し。けれど稀な光の魔法を使えるリリアン嬢を手放すことはできない。幽閉するおつもりだったのかしら？　第一王子の妾にして子供だけを生ませればよいといったところでしょうか」

「うっ」

図星だったようだ。

「年頃の娘にはあまりにも酷ですわ。私、別にそこまで怒っていませんもの。誰にでも失敗の一つや二つはあるものですから」

「しかし……」

「アーロン殿下が、私と婚約破棄してまで叶えたかった恋です。応援して差し上げればよろしいではないですか。そうなれば、私がつけられた傷にも意味があると思えますわ」

別に無理難題ではない。

ただ、振る舞いもなっていない、しかも男爵家の令嬢を王家に迎え入れれば、他の貴族たちに不信感を抱かせてしまうけれど。

でも、そんなの私の知ったことではない。

アーロンを放置したのは王家だ。問題は王家にあるのだから。

「できませんか？」

「セシル……」

縋（すが）るように私を見る陛下。私はそんな陛下ににっこりと微笑んだ。

「それとも陛下は、公爵家だけが傷を負えとおっしゃるのですか？」

「っ。そ、それは……」

深い溜息をついたあと、陛下はちらりと私を見た。

私が明らかに怒り心頭だと察したのだろう。陛下はそれはそれは深い溜息をもう一度ついた。

「……分かった」

陛下も腹を括（くく）るしかなかった。

「ありがとうございます」

「セシル。今の今であれだが、そなたをこのまま放っておくことはできない」

「……」

「ブラッドの婚約者候補として名を挙げさせてもらう」

第一王子ブラッド殿下。私は会ったことがないけれど、おバカな第二王子と違ってかなりの切れ者だと聞く。

「私、学園を卒業したら魔法師団に入る予定です。それだけではいけませんか？」

「ああ。お前を欲しがる貴族は多い」

「私が、そのようなバカに利用されるとでも？」

「思ってはいない。むしろそんな奴らは痛い目にあうだろう。だが、ブラッドと婚約しておけば少しは煩わしさが減ると思わないか？」

陛下はどうあっても私に首輪をつけておきたいのだ。それがひしひしと伝わってきた。

「あくまでも候補なら」と、私はブラッド殿下の婚約者候補になることを了承した。

恭順か、破滅か。それが化け物に用意された道。

さぞかしいい気分だろうね。国一つ滅ぼしてしまうぐらい強大な力を持った化け物に首輪をつけるというのは。

でもね、陛下。私はおとなしく言いなりになるような人間ではないのよ。

誰かの思惑通りに動かされるのも嫌だし、そもそも結婚するつもりなんてない。

どんな素敵な王子様が相手でもお断りよ。

そんな私の思惑を見抜くことは、疲れ果てた陛下にはできないようだった。

婚約破棄されて、しばらくは平穏な生活が送れると思っていたが、どうやら甘かったようだ。

「セシル様、ひどいですわ」

学園に着くなりリリアンが駆け足でやってきて、目に涙を溜めながら私に言う。

念願のアーロンの婚約者になれたんだから、もう放っておいてくれればいいのに。

「まぁ、アーティス男爵令嬢。息を切らせてどうなさったんです？　貴族の令嬢が学園の廊下を走るなど、はしたない。育ちが知れますわね」

くすりと私が笑う。周囲にいた生徒たちもこれに同調し、くすくすとリリアンを見て笑った。

リリアンは私の隣にいるアランに助けを求めるように視線を向ける。

その視線を受けて、アランが口を開いた。

「アーティス男爵令嬢」

「はい！」

アランが助けてくれると思ったのか、リリアンは嬉しそうに返事をした。そんな彼女にアランは苦笑する。

「特に親しい間柄でもない公爵令嬢を、こんなところで呼びとめるのはいかがなものかな。アーロン殿下と婚約できたからって、ちょっと図に乗っているんじゃない？」

「わ、私、図に乗っているだなんて」

アランの辛辣な言葉に、傷ついた顔をするリリアン。それすらも演技なのか。

「なら、先ほどの無礼はどう釈明する？　君は男爵令嬢だろう？」

実はアーロンはアーティス男爵家へ婿入りすることが決まっている。

アーティス男爵家にはリリアンしか子供がいないことと、おバカカップルに権力を持たせるのは危険だということから決まったらしい。

一応、陛下から書状がいっているはずだが、彼女の様子では、多分よく読んでいないのだろう。

だからといって、それを教えてやるほど私もアランも優しくはない。

特に私は『なにも知らずに大はしゃぎして、奈落に落ちればいい』と思っている。

「お前こそ、私の婚約者に随分と無礼だな。王族への敬意の払い方も教えておらぬとは、お前の父親も程度が知れる」

そう言って颯爽と現れたアーロンは、傷ついた顔で体を震わせているリリアンの肩を抱く。

「アーロン……」

リリアンはアーロンをうっとりと見つめる。そんな彼女に、アーロンは胸焼けして吐きそうなほど気色の悪い、甘い笑みを浮かべた。

「父上は陛下に仕える身であり、敬意も陛下に捧げていますゆえ」

つまり同じ王族であっても、仕えるべき主ではないお前に捧げる忠誠心なんてクソ欠片もねぇよ、ということだ。

「だが、俺も王族だ」

「ならばそれに相応しい態度が求められます。もちろん、婚約者殿にも」

アーロンの眉間に皺が寄る。そうやって睨みつけられても、アランは笑みを絶やさず、余裕の態度だ。

「それができているからリリアンが選ばれた。そこの女とは違う」

アーロンの視線がこちらへ向けられ、私はすっと目を細めた。

貴族令嬢なのにドレスをたくしあげて走ったり、男性にすぐボディータッチをしたり、親しくもない令嬢の名前を気安く呼ぶような女よりも相応しくないと言うつもりだろうか。そんなの屈辱でしかない。ましてや相手は男爵令嬢なのだから、なおのこと。

これにはさすがに周囲の生徒たちも不快感を露わにした。

「私が、彼女にも劣る出来損ないだと？　男に媚びるしか能のないこの女よりも？」

ひんやりと空気が冷たくなっていく。私が魔法で辺りの気温を下げているのだ。

それに気づいているのはアランと、ごく一部の者だけだ。

「ひどいわ。またそうやって私を貶めるのね。自分が婚約破棄されたからって、私に嫉妬して。そんなご自分の態度が問題でしょうに。ブラッド殿下がおかわいそうだわ。あなたみたいな人の相手をさせられて。くすん」

リリアンは目からぽろりと涙を一粒零す。その様子に、アーロンは心打たれたように彼女を抱きしめ、私を睨みつける。

「アーロン殿下、その女のどこがよかったのか聞いてもよろしいですか？」

「なにをバカげたことを。身分に関係なく誰にでも優しいところだ。それに、お前と違っておしとやかでもある」

そんなアーロンの言葉に、「おしとやかな人間が廊下を走るのか」とぼそりと呟く声が聞こえた。

野次馬の誰かが思わず言ってしまったのだろう。運のいいことに、バカ二人の耳には入っていなかったようだ。

「くすくす……あはっ……あはははは」

私は声を上げて笑った。セシルとして生きてきた中で、私がこれほどまでに大声を上げて笑ったことはない。

お腹を抱え、目じりに涙を溜めながら私は思う存分笑った。

「聞いた、アラン？　身分に関係なく誰にでも優しいですって」

「なにがおかしいっ！」

怒鳴るアーロンなど気にもならない。

私は笑い続け、アランは肩を竦める。

「いいわ、アラン。あなたが手に入れた映像を見せてあげてちょうだい。……アーロン殿下、あなたも少しは現実を知ったほうがいいですわ」

ようやく笑いが収まった私は、いつものように人を挑発するための笑みを浮かべる。

アランはポケットからそっと魔道具を取り出して、映像を再生し始めた。

「女ってね、とても強かで怖いのよ」

映像が空中に映し出される。それは、リリアンが自分の教科書とドレスをびりびりに破って捨てるところから始まった。

『私にだって王族の妻になる権利がある。だって、私は正真正銘の光の魔法の使い手なんだから。魔力が強いだけのセシルとは違う。本当はアーロン様よりブラッド様のほうがいいんだけど――』

そう呟きながら自分のドレスを破いていくリリアン。

これは食堂の一件の直前に撮られた映像だ。

アーロンも周囲の生徒たちも呆然とする中、アランが持つ魔道具は容赦なく次の映像を映し出す。

それはリリアンと、彼女の足をひたすら舐める男の姿だった。男のほうにはみんな見覚えがあるだろう。この学園に通っている生徒だ。彼はリリアンの取り巻きの一人で、侯爵家の三男だったはず。

生徒たちの視線が、自然と彼のほうに向く。

『リリアン、本当にアーロン殿下と婚約したいのか？』

『ええ。私は光の魔法を使える者として、当然の地位に行きたいの。でも、大丈夫』

リリアンは足で男の顎を上向かせる。

『体はアーロン様に捧げるけど、私の心はあなただけのものよ』

『っ。リリアンっ！』

三男坊はリリアンに覆いかぶさり、激しく口づけをする。何度も角度を変え、それは部屋に二人の甘い吐息が充満するまで続いた。

映像はまた切り替わる。場面が変わるごとに、リリアンが関係を持つ相手は変わっていった。どれも上位貴族の男ではあるものの、冴えない顔で、明らかに女慣れしていない者ばかり。

リリアンは彼らに私への嫌がらせを依頼したり、私をリリアンいじめの犯人に仕立て上げるよう指示を出したりしていた。

男たちはみんな、リリアンの甘いおねだりに惑わされ、二つ返事でそれらを請け負っている。

流された映像に、その場は騒然となった。

野次馬の中には映像に出てきた男たちも何人かいる。彼らは「天使のように可愛いリリアンちゃんが……」などと鳥肌の立つようなセリフを吐いていた。

リリアンは顔を真っ青にし、アーロンは開いた口が塞がらないらしい。まるで壊れたブリキのおもちゃのようにぎこちない動きでリリアンを見た。

「……リリアン、そなた」

「ち、違うわ！　こんなの、なにかの間違いよ」

リリアンは慌てて否定するが、あの映像を見たあとでは説得力ゼロだ。

こんな映像、どうやって手に入れたか知らないけれど、アランの家は代々宰相を務める家柄だ。個人的な諜報部隊を持っていてもおかしくはない。

「全部、この女の罠よ！　この魔女が私を嵌めるために作り上げたのよ！」

そう言って私を指さし、キッと睨みつけるリリアン。その様は、アーロンの知る守ってあげたいと思わせる彼女ではなかった。

リリアンの変わりようにアーロンは呆然としたまま。そんなアーロンに気づかず、リリアンは聞き苦しい言い訳をする。

「アーロン様を取られた腹いせに、この女が――」

「キャンキャンうるさいわね。私、犬の甲高い声って嫌いなのよ」

相手を見下すような目で私はリリアンを見つめ、彼女を鼻で笑う。

「男を何人も侍らせて、はしたない。娼婦にでもなったら？　きっと天職よ」

そう言って私はくすくすと笑う。

リリアンは貴族令嬢にはあるまじき歯ぎしりをして、私を睨みつけてくる。

「ああでも、あなたのようにマナーのなっていない子が高級娼館で働くのは無理ね。もう少し程度の低いところでないと」

「……私は貴族よ」

唸るようにリリアンが言う。

「ええ、そうね。あなたと同じ下位の貴族令嬢が憐れだわ。みんな一括りにしてこう言われるのよ。『やはり下位の貴族は』ってね」

私の言葉に、下位の貴族令嬢たちが顔をしかめる。

誰だってリリアンと同じだとは思われたくないだろう。

「私はあなたと違って、マナーだってしっかりできてるわ！　王妃にだってなれる！」

リリアンの今の言葉は、幼い頃から王族の婚約者候補になるため厳しく育てられた上位貴族の令嬢たちをすべて敵に回した。

私に挑発され、リリアンの本性を知った男たちも彼女から離れていく。

リリアンは完全に孤立した。そのことに彼女は気づいてない。

「あんたさえっ……あんたさえいなければ……っ!?」

リリアンの周囲に氷の刃が無数に現れる。それらの先はすべてリリアンに向いている。

「言ったはずよ。犬の甲高い声は嫌いだと」

逃げようとするリリアンの足元を凍らせ、床に足を縫いとめる。

「……っ、詠唱もなしに」

「力に溺れ、努力を怠ったあなたと違って、いろいろな芸ができるの」

私はにっこりと笑って、リリアンの頬を氷の刃で浅く切り裂いた。

「ひっ」

「これを心臓に向かって突き立てたら、どうなるかしらね？」

「わ、私は、光の魔法の使い手よ。わ、たしは、こ、この国に必要なはずよ。そこら辺にいる、男に媚(こ)びるだけの女たちとは違うわっ」

「なんですって!?」と、野次馬(やじうま)の中からいくつもの声が上がった。

「そう言うなら、その力とやらを見せてご覧なさいよ。大事なお顔に傷が残る前に、自慢の力で治してはどうかしら？」

「……っ」

リリアンは苦虫(にがむし)を噛み潰したような顔をして、ぎりぎりと歯ぎしりをする。

「……やっぱりね。擦(す)り傷程度も治せない力なんて、この国には必要ないわ」

私はリリアンの体を足元から徐々に凍らせていく。

リリアンには光の魔法を使う才能があった。魔力量だって多い。

努力次第では、命に関わる傷だって治せる使い手になっていただろう。でも彼女は努力を怠(おこた)った。

頭も悪いので、人体の構造も碌(ろく)に理解していないはずだ。

そんな有様では、魔法も使えなければ、治療なんてもってのほか。下手に治癒魔法を使わせたら、神経を変なふうに繋げられたりして大惨事になるに違いない。

「大丈夫よ、リリアン。私はあなたを殺したりはしないから。ちょっとの間凍ってもらうだけよ。そのほうが運びやすいしね」

「ひっ、や、やめ——」

リリアンは恐怖に顔を引きつらせたまま凍りついた。

「そして、あなたはいい加減目を覚ましなさい」

私は魔法でアーロンの頭上からバケツをひっくり返したように水を落とす。

「……俺は、騙されていたのか」

ようやく我に返ったアーロンの第一声に、私は冷たい目を向けた。アランは「間抜けなことにな」と嘲笑したが、アーロンの耳には入っていないらしい。

「セシル。リリアンとの婚約を取りやめて、お前との婚約破棄を取り下げる」

「は？」

私にしては随分間抜けな声が出てしまったけれど、こればかりは仕方がない。

「嫌ですけど」

私が拒否すると、アーロンは信じられないとばかりに目を見開いた。

いやむしろ、なんで受け入れられると思った！

「王族の妻になれるのだぞ！」

「あなたは第二王子です。結婚しても、あなたは臣籍に下って公爵となるだけ。そして私はもともと公爵家の人間です」

つまり、この婚約に私側の利益はない。

「ただの公爵ではない！　元王族だ！」

「お忘れですか？　我が家はすでに何度か王家と婚姻を結んでいます。遡れば、王妃になった者もいる。それに私は現在、ブラッド殿下の婚約者候補です。兄君から奪ってみますか？」

「っ」

私はブラッド殿下の婚約者候補だ。しかもかなりの有力候補。

そんな私が、別の男と婚約できるはずがない。

それらをまるっと忘れていたのか、アーロンはバツの悪い顔をした。

王太子から婚約者候補を奪う。それは下手をしたら、次期国王に反旗を翻す気があると捉えられても仕方のない行為だ。

なによりも、略奪愛など貴族としては最悪の醜聞だ。物語の中でならトキメキがあるかもしれないけれど、現実ではただのはしたない行為でしかない。

「だ、だが、お前は俺のことを愛していただろう！」

「は？」

「ぶはっ」

私は訳が分からないという顔をし、隣にいたアランはこらえきれず噴き出した。

私が咎めるような視線を向けているにもかかわらず、アランは腹を抱えて笑う。

「いやぁ、ないわー。マジで最高」

「……アラン」

「だって、どこをどう見たらそう思えるんですか？　同じ学園に通っていても、殿下たち二人が仲良くしているところを見た人間なんていないでしょう。それぐらいあなたたちの仲は険悪だった。さらには謂われない罪で中傷し、一方的に婚約破棄までして」

「そ、それは、勘違いで……」

しどろもどろになりながらも言い訳をするアーロンに、アランは笑うのをやめた。そして、真剣な目でアーロンを見つめる。その目には心なしか、殺気が宿っているように感じられた。

アーロンは気圧されたように数歩後ろに下がる。

「じゃあ、アーロン殿下は無実の人を処刑しても、『勘違いでした、すみません』ですむと思っているんですか？」

「そ、それとこれとは違うだろ。話を挿げ替えるな」

気圧されたのがプライドに障ったのか、アーロンは姿勢を正してキッとアランを睨みつける。

「別に挿げ替えていませんよ。婚約破棄は貴族の令嬢にとって致命的なことですし。幸いなことに、セシルはブラッド殿下との良縁に恵まれそうですが」

暗にアーロンとの婚約は悪縁だったとアランは言う。

「殿下の理屈でいくと、セシルに致命的な汚名を着せても勘違いですむわけですから、仮にあなたを罪人として処刑してしまっても、勘違いですまされますね」

「なんでそうなる！　俺は王族だぞ！」

「つまり殿下がおっしゃりたいのは、勘違いですむかは重要な人物であるかどうかによる、というわけですね。だとすると、問題は国王陛下がセシルと殿下、どちらの言葉に耳を傾け、どちらの存在をより重要視するかということになりますが」

アランの言葉にアーロンは「お前はバカか」と鼻で笑った。

「父上が息子である俺よりもこの魔女を優先させるわけないだろ」

「では、試してみましょうか」

「ふん。吠え面かくなよ」

アランと私はどちらからともなく目を合わせて、肩を竦める。

お互い、思うことは同じ。

「では、のちほどこの件は陛下に報告させていただきます」

アランが言うと、ある男子生徒から声が上がった。

「お、俺たちは関係ないですよね」

そう言ったのは、眼鏡をかけた肌の青白い男。先ほどの映像に出てきた侯爵家の三男坊だ。

「そ、そそそ、そうですよ。俺たちは関係ない」

もう一人の男の言葉をきっかけに、リリアンの取り巻きたちがこの場から逃げ出そうと後ずさる。

「逃がしはしないわよ」

言いながら、リリアンの取り巻きたちの足を凍りつかせる。

「ま、魔法で足を氷漬けにするなんて、卑怯ですよ。い、いいいい、いくらブラッド殿下の婚約者候補だからって、せ、節度はわきまえてほしいものですね」

ひょろっとした体形の、貧相な男が言う。

「さっきの映像、見てなかったの？」

アランが呆れたように言うと、別の男が吠える。

「俺たちは騙(だま)されてたんだ！」

「そ、そうだ！　すべての罪はリリアンにある！　あの女狐(めぎつね)！　男爵令嬢の分際で……」

だからどうした？

映像には、私を貶(おとし)めようとするリリアンに加担している場面も多く見受けられた。

リリアンは確かにここにいる全員を敵に回したし、彼女に同情する者はいない。彼女がこれまでしてきたことの結果だ。

けれど保身のために愛した女を売るなんて、反吐(へど)が出そうになる。

「黙れ」

低く唸(うな)るような声が私の口から零れた。

気づけば周囲に無数の氷の刃が出現していて、恐怖で顔を引きつらせる彼らの服や頬をかすめていく。

「あ、あああああ」

私が衝動のままに放った攻撃に、恐怖のあまり失禁する者もいた。

「その程度の根性でよく、私を陥れようと思ったわね」

「だから、それは騙されていて――」

「もういいわ。これ以上関わるとバカがうつる。行きましょう、アラン」

「そうだね」

私とアランはそのあとすぐに王宮で事の次第を報告。

リリアン及び、彼女の取り巻きは騎士団により連行され、アーロンも強制的に王宮へ戻されることとなった。

◆　◆　◆

「もう！　最悪！　どうなってんのよ！　私はこの世界のヒロインなのに」

私は王宮の一室で叫んだ。セシルに氷漬けにされた私は、騎士団によって王宮に連れてこられ、この部屋に監禁されることになった。

私には、リリアン・アーティスとしてこの世界に転生する前の記憶がある。前世での私は、日本に住む普通の女子高生だった。

ここが前世でプレイしていた乙女ゲームの世界だと気づいたのは、ちょうど物心がついた頃のこと。それからは、シナリオ通りの未来が期待できることが最高であり、退屈でもあった。

私はヒロイン。どうやっても、最後には必ず乙女ゲームの通りに幸せになる。

だったら、少しくらい遊んでもいいじゃない？

そう思った私は、刺激を求めてアーロンに近づいた。

そこで直面した現実は、私にとって到底受け入れられるものではなかった。

「痛っ」

セシルに氷漬けにされたせいか、ここへ放り込まれた時に抵抗したせいか、手の甲や頬には小さい傷ができていた。

アーロンに買ってもらったドレスも、すっかり汚れてしまっている。

「こんなの、ゲームの展開と違うじゃない。そりゃあ、ゲームとは違う動きをしてしまったから、多少の齟齬（そご）は発生するでしょうけど……でも、それでもよ！　こんなのはあり得ないんだから！」

私は必死に考えた。どうすれば乙女ゲームのシナリオ通りになるよう、軌道修正できるかを。

「なにもかもあいつのせいよ。セシル・ライナス。だいたい、悪役令嬢なんだから悪役らしく私をいじめなさいよ。怠惰なあいつがなにもしないから、私がいろいろしてあげたっていうのに。もう、最悪」

　そこで私は、はたと気づいた。

「そうよ、なにもかもあいつのせいで狂ったのよ。だったら、あいつを消せばすべてシナリオ通りにいくはずだわ。セシル——あんたの出る幕なんてないんだから。さっさと私のために消えてよ。悪役令嬢なんてもう、お役ごめん。退場なんだから！　……でも、そのあとはどうしようかしら。誰を攻略する？　……アランはないわね。やっぱりブラッドかしら。まあいいわ。とりあえずセシルを殺してから考えましょう」

　私はこの世界のヒロイン。必ず私が幸せになる結末が用意されているわ。

　ちょっとシナリオから外れたくらいで、その事実は揺るがないんだから。

「待ってなさいよ、悪役令嬢セシル。ヒロインの私がアンタなんか成敗してやるんだから」

　そうと決まれば、善は急げだ。

　私はすぐに見張りを篭絡して部屋から逃げ出した。

　行き先はライナス公爵家だ。ゲームに出てきたから、セシルの部屋がどこかは分かる。

　あとは侍女にでもなりすまして邸に侵入すればいい。幸いドレスのポケットには、なにかの時のためにと手に入れておいた毒が入っていた。

これをセシルに盛れば、邪魔者はいなくなる。

ちょっとシナリオと違うけど、最終的にあいつは処刑になるんだからいいよね。これで本来のシナリオに戻れるんだから。

◆　◆　◆

アーロンとリリアン、そして彼女の取り巻きたちの行いについて王宮に報告したあと、邸に帰った私のもとをブラッド殿下が訪れた。

ブラッド殿下とは、これが初対面だ。彼は爽やかな好青年といった感じで、男性にしては少し長めの銀髪を後ろで一つにまとめている。

すぐに私の部屋へお通しして、アリスにお茶を淹れてもらおうと呼び鈴を鳴らす。

けれどどういうわけか、アリスは近くに控えていないようだった。

「すみません、ブラッド殿下。侍女がそばを離れているようでして……ちょっと様子を見てきますね」

ブラッド殿下がいらっしゃったことを知らせに来たのはアリスだ。もしかしたら、気を利かせて命じられる前にお茶を準備しに行ったのかもしれない。

とはいえ確かではなく、ブラッド殿下をお待たせするのも悪いので、アリスを探しがてら自分でお茶を淹れようと一旦部屋を出る。

その時、見慣れた赤銅色の髪が廊下の向こうを横切ったような気がした。

「あれは……リリアン？　なぜこんなところに？」

気のせいかしら。

王宮に連行されたはずのリリアンが、こんなところにいるはずがない。きっと見間違いだろう。だけど私はどうしても気になって、リリアンらしき人が消えた方向へ足を向けた。

廊下の角を曲がると、赤銅色の髪をした女性の後ろ姿が見えた。侍女のお仕着せを身にまとっているが、あんな侍女いただろうか。

違和感を抱いてあとを追ってみると、彼女は廊下を何度か曲がったところで使用人用の通路へ入っていった。

そこから先は使用人の領域だ。雇い主の側にある私が入っていい場所ではない。

けれどあの赤銅色の髪の女性のことは気になった。

どうしたものかと迷って、思い切ってそこに足を踏み入れようとする。

すると突然後ろから口を塞がれ、引きずられるようにその場から離された。

「っ⁉」

「騒ぐな」

耳元で男の低い声がする。

背後をとられた上に口を塞がれた。そのことに驚きはしたものの、なにも問題はない。

騒ぐなと言われておとなしくしているようなしおらしさは持ち合わせていないもの。

男は私を引きずるようにして物陰に連れていく。それはこちらとしても好都合だった。

男の足が止まった瞬間、私は彼の足をヒールで思いっきり踏みつけた。

痛みで男に隙ができる。私はその機を逃さず、すぐに魔法を発動し、男に向けて氷の刃を出現させた。

「うわっ。待て！　味方だ！」

そう言って突き出された男の手には、見覚えのあるエンブレムが刻まれたペンダントが握られていた。

「その家紋は、アランの……」

「はい。アラン様の配下、ルヴィと申します。アラン様の命により、あなた様の護衛をおおせつかっておりました」

「……私はなにも聞いていないのだけど」

その言葉に、ルヴィと名乗った黒装束の男は気まずそうに視線を逸らした。

「セシル様には内密にと……命じられておりましたので……」

「だったらなぜ、今私の前に姿を現したのかしら」

この感じだと、しばらく前からこのルヴィという男が私の護衛についていたのだろう。

まったく気づかなかったことが悔しくて、アランに文句を言ってやりたくなった。

「先ほどセシル様が向かわれた先には、リリアン・アーティス男爵令嬢がおりました。彼女は王宮から逃げ出し、なにかよからぬことを企んでいる様子。不用意に近づいては危険ですので、お止めしなければと思いまして……」

ルヴィの話を聞いて、私は眉間に皺を寄せた。

やはりあれは見間違いではなかったらしい。

王宮を抜け出して公爵家に来たということは、きっと私になにかするつもりに違いない。

本当にバカな子。私に敵うわけがないと、いい加減気づけばいいものを。

そう思って、私は笑みを浮かべたのだが――

「待って。今、私の部屋にはブラッド殿下がいらっしゃるわ。リリアンが私になにかするつもりなら、殿下の身が危険なんじゃないの？」

ルヴィと一瞬目を見合わせ、私たちはブラッド殿下のもとへ走り出した。

◆　◆　◆

バカな弟、アーロンのせいでセシルに多大な迷惑をかけた。

セシルの部屋で彼女の戻りを待ちながら、なんと謝罪したものかと私は頭を悩ませる。

そうしていると、しばらくして扉をノックする音がした。

セシルが戻ってきたのかと思いきや、入ってきたのは侍女。

彼女がセシルの探していた侍女だろうか。どこかで入れ違いになったようだ。

侍女はしずしずと中に入ってきて私の前でお茶を淹れ、それを差し出した。

「どうぞ」

その様子にかすかな違和感を覚え、私は彼女をさりげなく観察してみる。

「ありがとう」

侍女からお茶を受け取り、それを口に運ぼうとした時――彼女の口元に笑みが刻まれた。

私はそれを、はっきりと見ていた。

侍女はそのことに気づかず、私がお茶を口に近づけていくのを見つめる。

「飲んじゃダメです、殿下っ！」

私がカップを傾けようとした時、勢いよくドアが開く。

入ってきたのはセシルと、アランの部下であるルヴィだった。

◆　◆　◆

ルヴィによってリリアンは拘束された。

彼女は私の部屋の近くに控えていたアリスを襲って服を奪い、侍女になりすましていたらしい。

私はすぐに風魔法でアランに事情を知らせ、騎士を集めて私の部屋まで来てもらうことに。

彼らの到着を待つ間に、ブラッド殿下が飲もうとしていたお茶を魔法で調べてみたところ、致死量の毒物が検出された。

まさか乙女ゲームのヒロインが王族の暗殺を企てるなんて。

どうしてこうなったかは分からないけれど、いよいよゲームのシナリオから外れてしまった感じがするわね。

ほどなくしてアランとともにやってきた騎士たちにリリアンを引き渡す。

リリアンを引き渡したルヴィは、すぐにアラン前に膝をつき、「申し訳ありません」と謝罪した。

ルヴィの役割は私に気づかれずに護衛すること。だから私の前に姿を見せてしまったことは命令違反になるのだ。

「待って、アラン。彼は任務に忠実だったわ」

私にも責任があるので彼を庇うと、なぜかアランは不機嫌な顔になった。

「だったら君は今ここにいないはずだよね？」

「私がおとなしく守られているとでも？」

「そうだったらとても楽だったよ……」

なぜかアランだけでなく、ブラッド殿下までも溜息をつく。

「私はセシル・ライナス。国一つくらい簡単に滅ぼせる魔力を持っているのよ。私をおとなしくさせたいのなら、国軍まるまる一つ分くらいの戦力を用意しなさい」

「ごもっともで」

アランは疲れたようにまた溜息をつき、ブラッド殿下は若干呆れた顔をした。

「さて、アラン。どういう状況だい、これは？」

ブラッド殿下は責めるような目をアランに向ける。

どうしてアランにそんなことを聞くのだろう。状況がいまいち分からない私も、首を傾げてアランを見た。

「リリアン・アーティスが見張りを篭絡して逃走。その後、あらかじめ用意していた毒を使ってセシルの暗殺を企てたと思われます」

「それがどうしてブラッド殿下の暗殺になるの？」

そんな私の疑問に対する答えは、さすがのアランも持っていなかった。アランは私のほうを見て無言で首を傾げる。

「彼女に毒物を渡した貴族の身柄は押さえています。ブラッド殿下暗殺を企てていた連中が彼女に接触していたようです」

アランはブラッド殿下の指示でリリアンの周辺を調査していたということか。

彼の報告に、ブラッド殿下はつまらなそうに息を吐く。

「そうか。……それで、リリアン・アーティス男爵令嬢。どうして私の暗殺を？」

ブラッド殿下に声をかけられて、うなだれていたリリアンが顔を上げる。

「あんたがセシルの部屋にいたからよ！　本当はセシルを殺すつもりだったけど、あんたを殺せば邪魔者がみんないなくなって一石二鳥だと気づいたの！　あんたを殺した罪をセシルが被れば、処刑決定よね。ゲームのシナリオ通りだわ」

　ゲームのシナリオ通り——その言葉で、私は彼女も転生者で、前世の記憶を持っているのだと確信した。

　そうかもしれないと思ったことはあるけれど、まさか本当に転生者だったなんて。それにしては理解できないレベルで頭が悪いわね。

　公爵家に単身乗り込んで、自ら持ってきた毒で王子を殺害。

　そんな杜撰すぎる計画が成功すると思えるほうが不思議だ。

　仮に毒入りの紅茶をブラッド殿下が飲んでいたら、そのあとはどうしたのだろう？

　真っ先に疑われるのは紅茶を持ってきた人物だ。

「シナリオ？　ゲーム？　なんの話だ？」

　眉間に皺を寄せるブラッド殿下に、アランが答える。

「調査によると、彼女には虚言癖と妄想癖があるようです。気にしないでください」

「ちょっと！　好き勝手言うんじゃないわよ！　このっ！」

　アランの言葉に、リリアンが声を荒らげて暴れる。

　リリアンはすぐに騎士に床に押さえつけられた。そんな彼女にブラッド殿下は冷たい視線を向ける。

「君のお粗末な脳みそで出し抜けるほど王族はバカじゃない。まぁ、そんなバカが一人いたせいで勘違いさせてしまったかもしれないがな。万が一のことを考えてセシルに護衛はつけさせてもらったけれど、君ごときでは彼女や私たちの相手は務まらないよ」

「なんで悪役令嬢が守られて、ヒロインの私が拘束されなきゃいけないのよ！　おかしいでしょう⁉」

「王族を殺そうとした人間が捕縛されるのは当然だと思うけどね」

「どうしてよ！　私はこの世界のヒロインなのよ！　ヒロインは絶対に幸せにならないといけないの！」

私を睨みつけながら、リリアンは怒鳴り続ける。

「私は幸せになるの。ならないといけないの！　あんたなんて、嫌われ者の悪役令嬢じゃない！　最後はみんなに裏切られて死ぬ、憐れな存在！　ただの当て馬じゃない！」

「勝手な」とアランは怒るけど、ゲームの内容を知っている私はその通りだと納得してしまった。

続いてリリアンは、ブラッド殿下を睨みつけた。

「あんたもなにしてるのよ！　攻略対象なら助けなさいよ！　あんたが助けるべきはヒ

ロインである私でしょう!? そこの女じゃない。そいつは悪役よ! 悪役はねぇ、舞台から引きずり下ろされて退場するものなのよ!」

「黙れ!」

リリアンを押さえていた騎士が怒り、リリアンの腕を掴む手に力を込める。リリアンは「痛いっ」と呻いたけど、騎士はやめなかった。

彼にとって、ブラッド殿下は尊敬できる主人なのだろう。その彼をけなされて、騎士は怒り心頭のようだ。

「大した脳みそだ。ここまで観客を呆れさせるシナリオが書けるなんて。君は天才的な作家だな。だがセシルが舞台から退場する前に、君のほうが先に消えることになるだろう」

未遂とはいえ、王族を殺そうとしたのだ。リリアンが処刑されるのは確実だろう。たとえ彼女が、光の魔法を使うことができる類稀なる存在であっても。

「せいぜい、地獄で幸せになるがいい。――連れていけ」

ブラッド殿下が命じると、騎士がリリアンを立ち上がらせる。

「なにをするの! 放しなさい。私は未来の王妃よ! 私はこの世界のヒロインなの! 私は幸せになるの! 放して! 私をどこに連れていくというの!?」

騎士に引きずられるようにして部屋を出ていくリリアン。

「悪役は舞台から引きずり下ろされる。あんたが言ったんだぜ。リリアン・アーティス」

去っていくリリアンの背中に向けて、アランが侮蔑を込めて呟いた。

その後、リリアンはブラッド殿下毒殺未遂で死刑に。アーティス男爵家は取り潰しとなり、彼女の両親は爵位を剥奪された。

それから彼女の両親がどうなったかは誰も知らない。

リリアンが使った毒は、隣国のルストワニアで採れる特殊な薬草を使った物であることが分かった。

それをリリアンに渡した貴族は、ルストワニアの商人から手に入れたと主張。けれどその商人は謎の死を遂げており、毒物の出どころは有耶無耶になった。

アーロンは王宮の外れにある塔で一生幽閉されて過ごすことに。

一方私は、ブラッド殿下の毒殺を未然に防いだということで、しばらく注目されることとなった。

学園もその話題で持ちきりで、私にわざわざ話しかけてくる者もいたくらいだ。

今まで怖がって近寄りすらしなかったくせに、現金というかなんというか。

ともあれ、とりあえずは一件落着だ。

本来なら処刑されるのは悪役令嬢の私だったと考えると複雑な気持ちだけど、これでバッドエンドは回避。本当の意味で、乙女ゲームとは無関係な私の人生が始まったのだった。

毒殺未遂事件による騒ぎが落ち着いた頃、ブラッド殿下が再び私のもとを訪れた。

「弟がバカをやらかして、迷惑をかけたね」

きちんと謝罪ができなかったから、と律儀（りちぎ）に言うブラッド殿下に、私はどう答えていいか分からずただただ恐縮してしまう。

「そんな、ブラッド殿下に謝罪していただくことではありませんわ。おかげで婚約を解消できましたし……」

慌てた私は、ついうっかり本音を零してしまう。

「それが狙いで、彼らの行い（おこな）を見逃していた節があったよね」

私は紅茶を飲むのをやめて、ブラッド殿下を見た。

彼はすべてを見透（みす）かすような目で私を見ている。

口元には笑みが浮かんでいるが、彼の目は少しの嘘も見逃さないと言わんばかりに鋭く光っていた。

まぁ、それに屈するほど私は可愛い性格ではない。

少し冷静になった私は、令嬢らしい笑みを浮かべ口を開いた。

「さぁ、なんのことでしょう？　公爵令嬢である私が、王族のなさることにとやかく言うなんて、できるわけがありませんわ」

にっこり笑って言った私に、ブラッド殿下は肩を竦めた。

「あまり父上や私をいじめないでくれるとありがたいんだが」

「私が牙を剥く時は、攻撃された時だけですわ」

「つまり、俺たち次第ってことか。心に留めておくよ」

私の返答が予想できていたのか、ブラッド殿下はすんなり受け入れた。

「場合によっては、国を滅ぼすことも厭わない？」

冗談っぽく聞いてきたけれど、これは決して冗談ではない。彼は本気で私に聞いている。

私の魔力をもってすれば国一つ滅ぼすくらい簡単なことだ。

ただ、私はこの前リリアンとその取り巻きを相手にするまで、人前で魔力を使い、意図的に人を傷つけたことはなかった。

そのせいで周囲は私を恐れながらも、どこか侮っていたのだ。

私の両親然り、ドミニカ然り、アーロン然り、リリアン然り。

そしてそれは陛下もだろう。彼は私がこの国を裏切るはずがないと、心のどこかで高を括っている。

でも、ブラッド殿下は違った。全力で私を警戒している。

その証拠に、言葉遊びを楽しんでいるように見せかけて、私の一挙手一投足をじっと観察していた。

そしてブラッド殿下は、私が彼の思惑に気づいていることを分かっている。

結局のところ、私たちは似た者同士なのだ。

だからこそ、惹かれ合うことはない。誰だって自分の性格を鏡で映したような相手を好きにはならないだろう。

「私はそんな面倒なことはしませんわ」

「面倒？」

「ええ。面倒ですわ。わざわざそんなことをしなくとも、一人で国を出てどこへなりと行けばすむ話です」

「この国が君を手放すと思う？　現に、弟との婚約を解消した君は、すぐに俺の婚約者候補になった。それも、今まで候補に挙がっていた令嬢たちを差し置いて、君が最有力候補だ」

「そうですわね。でも、もし私が本気でこの国を出ると決めたら、止められる人がいまして？」

そう言う私に、ブラッド殿下は溜息をつく。

魔力だけではなく、頭の回転もよく、口も達者。

そう印象づけて、自分を有利に見せる。自分の価値を自分で上げる。

それが手っ取り早く身を守る方法だと私は考えていた。

言うことを聞くだけの従順な人形にも、便利な道具にもなるつもりはない。

この国にも、他の誰にも縛られたくはないから。

「できないだろうね。今のは聞かなかったことにする」

「あら。心に留めておいてくださってもよろしいですわよ」

「ふざけるな。完全に謀反を疑われる発言じゃないか」

さすがに呆れるブラッド殿下だが、私は首を横に振る。

「――謀反は成功しない。なぜなら成功した時点で誰も謀反とは言わなくなるから」

「誰の言葉だ？」

「忘れましたわ。でも、真理だと思いません？」

　悪びれもせず言う私に、ブラッド殿下は再度溜息をつく。

「虎（とら）は死して皮を留め、人は死して名を残すと言う。君はその名を悪名として後世に残す気か？」

「それもまた一興ですわね」

　物騒な言葉が飛び交うけれど、こんなもの他愛もないじゃれ合いだ。

　そうして楽しいお茶会は進んでいき、気がつけば結構な時間が経っていた。

「じゃあ、俺はそろそろ帰るよ」

　謝罪に来たと言いつつ、本当はなにをしに来たのやら。

　なにか裏がありそうな顔で去っていくブラッド殿下に、今度は私が溜息をついたのだった。

第三章　仲間

私は十六歳になり、無事に学園を卒業した。

魔法の授業で最も優秀な成績を収めた私は試験を免除され、無事魔法師団に入団することに。

そしてとうとう今日から、夢だった魔法師団での生活が始まる。

今年の卒業生の中で、魔法師団に入団する女は私だけ。それどころか、現王妃以来初の貴族令嬢の入団者なのだとか。

入団初日の朝、体にフィットする黒い制服を着て邸(やしき)を出た私は、魔法師団の宿舎に向かった。

魔法師団の本拠地は王宮の一角にあり、独身の団員は同じ場所にある宿舎に住むことになっている。

王宮の門をくぐったところで、聞き慣れた声に呼びとめられた。

「やぁ、セシル。よく似合っているね、その服」

「おはよう、アラン。あなたもその服、似合っているわよ」

一緒に学園を卒業したアランは、宰相になるために文官見習いとして王宮で働くことになった。

私と同様、今日から仕事が始まるらしく、真新しい文官の制服に身を包んでいる。

魔法師や騎士と違って、戦うことのない文官の制服は裾の長いローブで、アランはそれに白のスカーフを巻いている。

所属する部署によって多少違うらしく、アランの制服は黒を基調としたものだった。

「裾が長ったらしくて、かなり邪魔だけどね」

照れながらアランが言う。

「じゃあ、俺はこっちだから。頑張ってね」

「ええ。アランもね」

途中で別れて、私は魔法師団の宿舎へ向かう。

宿舎が近づくにつれて魔法師らしき人の数が多くなり、それに比例するように私に対する嘲りや敵意の籠った視線が増えていった。

「女のくせに、魔法師だと？」

そんなひそひそ声が聞こえてくる。

「本当に魔法が使えるのか？　噂ばかりで、実際に使っているところを見た奴なんていないんじゃないのか？」

「事実なんて関係ない。ブラッド殿下の婚約者候補様だ。ごますっといて損はないだろ」

「俺は嫌だな。女のお遊びに付き合うのは」

　魔法師団には、爵位を継がない貴族の子息の他にも、魔力を持った平民が多く所属している。

　身分に関係なく優秀な者が重用される、完全な実力主義の組織だ。そのため士官として働く優秀な平民もいれば、大した実力もない下っ端（したっぱ）の貴族もいた。

　そんな中、「強大な魔力を持った貴族の女」である私は、あらゆる団員からやっかみを受ける立場にあるらしい。

　私が通っていた王都の貴族学園出身ではない者も多いせいか、強大な魔力に対する恐れよりも、そういった妬み嫉み（ねたみそねみ）が団員たちを支配しているようだった。

　くだらない。

　私は好き放題言う彼らに視線を向けすらしなかった。

　毅然（きぜん）と前を向いて、宿舎に入ろうとしたその時。

「口を慎み（つつし）なさい」

ぴしゃりと冷たい声が響き、辺りが水を打ったように静まり返る。

声の主は、宿舎の入り口に立つ男だった。

スカイブルーの瞳に、白い肌、中性的な顔立ちをした男性だ。長い銀色の髪を黒いリボンで一つに束ね、横から前に垂らしている。

服装から魔法師であることは分かるが、荒事とは無縁な印象を受ける男性だ。どちらかというと文官に見える。

彼は声と同じ冷たい目を、私を中傷していた男たちに向ける。彼らは凍りついたように直立して固まってしまった。

男性は再び私に視線を戻し、静かに口を開く。

「初めまして、セシル。魔法師団副団長、アルヴィン・アンブローズです。こちらは団長のフレイ・エクロース」

副団長の後ろから、彼よりも大柄な男性が現れる。

炎のように赤い髪で、前髪はオールバックにしている。目も髪と同じように燃えるような赤。

随分（ずいぶん）不機嫌そうな顔をしているが、これが普通なのだろうか？

「セシル・ライナスです」

「宿舎に案内します。現在魔法師団に所属している女性はあなただけなので、少し遠くなりますが別棟に部屋をご用意させていただきました」

「ありがとうございます」

私は副団長に促(うなが)され、別棟があるという方向へ進む。

副団長の冷静な物言いや団長の態度からは、私が彼らに歓迎されているのかどうかは分からなかった。

魔法師団に新しく入団した者には、一年間の訓練期間が設けられている。

正式な魔法師団員である先輩たちから訓練を受け、魔法師団の規律を学んだあと、能力に応じて各地に配属されるのだ。

そんな魔法師団の新人訓練は、体力作りから始まる。

体力がないと魔法を長時間使い続けることができないからだ。

入団した翌日。早朝から行(おこな)われた新人のランニングで、私は最後尾を走っていた。なんとかついていってはいるが、徐々に離されていく。

ずっと魔法師団に入ることを目指していた私は、体力作りもしてきた。けれど、幼い頃から専門の師をつけられて稽古(けいこ)してきた他の男たちと私では、明らかに体力差があった。

「っ……はぁっ」

足がもつれ、何度か転びそうになったが踏ん張ってついていく。

そんな私を、わざと転ばせようとするバカもいた。急に背中を押されたり、足を踏んづけられたりもした。

女の私が魔法師団に入れば、反発されるのは当然だ。これくらいの扱いは覚悟していたので、彼らの行為に腹は立つけど、傷つきはしなかった。

第一、こういうのには慣れている。

数時間に及ぶランニングが終わると、休む暇もなく訓練は模擬戦に移行した。

肩で息をする私の前に、模擬戦の相手が立ちはだかる。

相手は、学園で同学年だった男爵家の子息だ。

「なんだ。あれくらいでバテたのか？」

呼吸が乱れている私を、吊り目の彼は鼻で笑った。その態度は明らかに女である私を見下している。

「嫌ですわね。こんなことで優越感に浸れるなんて、随分程度が低いこと。見苦しい」

あのランニングは確かにきつかった。でも、これくらいなら問題ない。

「強がっていられるのも今のうちだぞ。魔法師団は実力主義。今までお前を守ってきた身分や権力が、なんの役にも立たないことを思い知らせてやる！」

私の言葉に神経を逆撫(さかな)でされたのか、男は詠唱を始めた。

この程度でムキになるなんて、本当に程度が低いこと。

「見下している相手にがなるなんて……自信がないのを精一杯隠しているようにしか見えませんわね。しょうもない」

男が詠唱を終える前に、私は彼の頭上から氷の刃を落とした。

「うわっ！」

「あら」

その一発で終わると思っていたけれど、男は寸前で地面を転がって攻撃を避けた。そのせいで、新品だった制服は砂埃(すなぼこり)だらけになっている。

「ひ、卑怯(ひきょう)だぞ！　詠唱もなしに。俺の詠唱は完成してなかったのに！」

貴族の子息らしい、現実を知らないおぼっちゃまの理屈だ。

スーっと私の中でなにかが冷めていった。

私は小さな笑みを浮かべ、目の前で立ち上がろうとしている男を見下す。

「ならば、戦場で無様に『卑怯(ひきょう)だ』と叫びながら死になさい」

私は瞬時に大きな氷の塊(かたまり)を作り、男の腹部めがけて投げつけた。

これでノックアウト。彼は陸に打ち上げられた魚のように、ピクピクと体を痙攣(けいれん)させながら気絶した。

私は何事もなかったかのように彼の横を通り過ぎて、試合が終わった人たちのいるほうへ歩いていく。

周りはそんな私を、静かにじっと見つめていた。

「おい、担架(たんか)持ってこい」

訓練の監督をしていた魔法師がはっとして、近くにいた別の魔法師に命じる。

その声をきっかけに、周囲の新人たちも我に返ってざわつき始めた。

「ひゅー。すごいね、彼女」

「国一の魔力を持ってるんだろ。なら、あれぐらいできて当然だ。むしろ、相手の力量も測れずに突っかかるバカがいることに俺は驚いているよ」

そう言った男は、担架(たんか)に乗せられている男爵家の子息を呆れた目で見る。

そんな彼らの声すらも、私にとってはただの雑音にしか聞こえなかった。

「見てたぜ。あんた、すごいな」

「ああ、さすがだよ」

魔法師団の食堂で一人、食事をとっていると、二人の男が私に話しかけてきた。

先ほどの模擬戦のあと、担架（たんか）で運ばれていく男爵家の子息を呆れた目で見ていた男たちだ。

二人は私の許可も得ず、勝手に隣の席に昼食の載ったトレイを置いて座った。

「俺はエリュシオン・ミッドライト。こっちの藍色の髪をしたのがルカ・イラルドだ」

赤い髪と目をした男がそう言った。

ミッドライトという貴族には覚えがないから、きっと彼は平民出身だろう。

確か、イラルドは伯爵家だったはずだ。

二人の親しげな様子から、おそらく入団する前からの知り合いなのだろうと思った。

「セシル・ライナスです」

食堂なので、私は軽く頭を下げるだけにした。

「堅苦しい挨拶（あいさつ）は抜きにしようぜ。俺、そういうの嫌いだから。これから一緒に魔法師団でやっていく仲間だしな。俺のことはエリュシオンでいいぜ。俺もあんたのこと、名前で呼んでいいか？」

「僕もルカでいいよ。できれば僕も君のことを名前で呼びたい」

「どうぞ、お好きに」

周囲が私たちの話に聞き耳を立てているのが伝わってきた。私のことを疎(うと)ましく思いながらも、気になって仕方がないのだろう。

「なにが、仲間だ」

ルカとエリュシオンの言葉に、魔法師の一人が立ち上がって言った。

茶色の短髪にエメラルドの瞳をした男だ。吊り上がった目には怒りが宿っている。

確か彼の名前はイアン・ルスターファ。侯爵家の子息で、王都の貴族学園出身で、私と同じ授業を取っていたこともある。

「女のくせに魔法師団に入って、なにがしたいんだよ。魔力が強いことをそんなに自慢したいのか？　お前は王太子殿下の婚約者候補なんだろ。なら、おとなしく殿下に愛(め)でられることだけを考えてろよ。冷やかしで魔法師団に入ってくるな」

私は冷めた目で彼を見つめたあと、周囲に視線を向けた。

似たような感情を抱いている者が過半数を占めているのだろう。多くの魔法師がイアンに同意するような目でこちらを見ている。

「おいおい、勘違いもはなはだしいぜ」

両手を広げて、肩を竦(すく)めたエリュシオン。彼のその態度は火に油を注(そそ)ぐことになった。

「お前、平民だろ。侯爵家の人間である俺に気安く話しかけるな。第一なんだ、その態度は。不敬にもほどがある」

目を吊り上げて言うイアン。けれど、エリュシオンは飄々とした態度を崩さない。

隣にいるルカも、優雅に紅茶を飲むだけで彼を止めはしなかった。

「お前、本当にいろいろと勘違いしてるな。今日からお前の名前は勘違い野郎に決定だ」

「なんだと！」

「魔法師団は実力主義の組織。ここでは身分なんて関係ない。どうしてか分かるか？」

エリュシオンはそう問いかけつつも、イアンが答える前に話を続けた。

「戦いの場に身を置く俺たちにとって、無能な人間が指揮官だと命に関わるし、最悪国が滅ぶことだってある。そもそもここにいる連中は爵位を継げない人間ばかりなんだから、正確には身分差なんてないだろう」

エリュシオンの様子を見ていて、彼は愚かではないと感じた。

ここが貴族の社交場ならば、どんなにむかつくことを言われても自分の立場に即した態度を取るべきだろう。

けれどここは魔法師団。貴族のルールは無用というわけだ。

「おい、なんの騒ぎだ」

イアンが反論しようと口を開きかけた時、別の声が聞こえた。

団長と副団長が食堂に入ってきたのだ。

誰もが気まずそうに視線を逸（そ）らした。イアンも自分が騒ぎを起こした自覚はあるようで、青ざめながら顔を俯（うつむ）かせる。

「おいおい、この程度でだんまりなんてだっせぇなぁ」

団長は呆れた顔で周囲を見回した。

彼から視線を背（そむ）けなかったのは私、エリュシオン、ルカの三人だけ。

「なにが起きたか説明しろ」

団長は私たち三人に狙いを定め、そう命じる。

その間に何人かはこっそり逃げようとしていたけれど、にっこりと笑った副団長によって入り口を塞（ふさ）がれていた。

「大方の経緯は分かった。イアン」

エリュシオンから事の次第を聞いた団長に名前を呼ばれ、イアンは体をびくりと震わせた。

「ここでは身分なんて関係ない。たとえ公爵家の令嬢であろうと、王太子殿下の婚約者候補であろうと、俺は必要だと判断すれば、死地へ放り込むことも躊躇わない」

「当然だろう」と団長は不機嫌な顔で一同を見回した。

「死も厭わぬ覚悟でここにいるんだろ、お前らは。戦争が起これば騎士団と一緒に真っ先に戦場へ行く。国内の治安維持にだって駆り出されるぞ。常に戦いの場に身を置くんだ。死なくても、一生消えない傷を心や体に負うこともある。ここはそういう場所だ」

温室育ちの貴族出身者たちの中には団長の言葉に青ざめる者もいた。そんな新人たちの様子を見て、副団長がくすくす笑う。

「またそうやって、すぐ脅す」

副団長は苦笑しながら言うが、団長の言動を咎めはしない。

それどころか怯える者たちを呆れた目で見て、「体力だけではなく、根性も鍛えないとダメだな」とぼそりと呟いていた。

その後、私たちは騒ぎを起こした罰を受けることに。

全員が倍の量の訓練をさせられたあと、宿舎の清掃を命じられた。

すべてが終わる頃には誰も動けず、騒ぎの中心にいた人たちに文句を言う気力すらなかったのだった。

翌日。午前中の訓練を終えた私は、宿舎があるほうへ戻ろうとしていた。

今日はアランと一緒に昼食をとる約束をしている。

待ち合わせの場所へ向かっていると、複数の魔法師団員に囲まれてしまった。

「……」

複数人で挑めば、私に勝てるとでも思ったのだろうか？

私を取り囲んだ男たちは、同期だった。

家を継げないから、仕方なく魔法師団に入った連中だ。そういう奴らは見れば分かる。

顔つきが違うもの。

彼らは女の私を鍛えてやると言って、魔法で攻撃を仕掛けてきた。もちろん、そんな攻撃が私に当たるはずがない。

結界を張り、すべての魔法攻撃を弾いていった。

「くそっ。女のくせに生意気な！」

攻撃が当たらずイラついた彼らは、好き放題に悪態をつく。

子供かっ！

さすがに声に出しては言わなかったけど……

「悪いけど、あなたたちの訓練に付き合っているほど暇ではないの」

「なに⁉」

「女が調子に乗るなよ。大した能力もないくせに」

「その女に複数で挑むなんて、情けない男たちね」

挑発すると、男たちはさらに激昂する。

私は溜息をついて魔法を放った。もちろん当てはしない。ただ、彼らのすぐ横をかすめて壁を破壊するだけの威力を持った攻撃ではあったけど。それだけで男たちは黙った。

自分たちの後ろにあった壁が崩れ落ちる。

私が一歩前に出ると、男たちも一歩下がる。

たった一撃で戦意をそがれてしまったらしい。

私はすたすたと歩いて彼らの包囲網を抜けていった。

「こ、このぉ！」

最後の足掻きなのか、背を向けた私に男が魔法で攻撃してきた。その気配を感じた私は振り返り、結界を展開しようとしてやめる。

そこにはすでに結界が張られていたから。

「なにをしているのかな？」

「アラン」

私があまりにも遅かったので、迎えに来てくれたのだろう。

男が放った攻撃はアランの張った結界に弾かれ、私に当たることはなかった。

「君は確か、イコック子爵の次男だったね。仲間に……それも背を向けた相手に攻撃を仕掛けるのがイコック子爵家のやり方なのかい？」

「そ、それは……」

アランの口調はとても穏やかだった。けれど、まとう空気は冷たく肌に刺さる。

下手な攻撃魔法よりもダメージが大きそうだ。

「このことは君の上司に報告させてもらう」

「っ」

「もちろん、君たちのこともだ」

その一言で、私を取り囲んでいた男たちは青ざめる。そんな彼らを無視してアランは私に優しく微笑んだ。

「行こう、セシル。時間がなくなってしまう」

「ええ」

私は彼らを残してアランと一緒にお昼を食べに行った。

アランと過ごした久しぶりの穏やかな時間は、やさぐれかけていた私の心を落ち着かせてくれた。

魔法師団に入団して約半年。

エリュシオンとルカはなにかと私に構ってきて、なんとなく行動をともにするようになっていた。

周囲の私に対する冷たい視線は相変わらずだけれど、徐々に私の実力を認めてくれる人も増えてきている。

訓練にも慣れてきたし、魔法師団での生活は概（おおむ）ね順調と言っていいだろう。

そんなある日、私たち新人は講堂に集められ、地方での実地訓練について説明を受けることに。

魔法師団の訓練期間の後半は、地方の魔法師団支部に実際に派遣されての訓練となる。

私たちは決められた班に分かれ、派遣先の魔法師団支部で一ヶ月実務に従事する。その後また別の支部に一ヶ月派遣され……というのを繰り返し、実戦経験を積んだ上で正式な魔法師団員として配属先が決められるのだ。

そういった訓練の説明があったあと、班のメンバーも発表された。

私の班はルカ、エリュシオン、イアン、ルーカス、コンダートとなった。エリュシオン以外は貴族の出だ。

キャラメル色の髪に赤銅色の瞳をしたルーカスは、伯爵家の出身。曾祖父は国の英雄として称えられており、彼自身もそのことを誇りに思っているらしい。

幼い頃から曾祖父のような英雄を目指して頑張ってきたのだろう。体はがっちりとしていて、新人の中でも特に優秀だといわれている。

ピンクブロンドの髪に赤い目をしたコンダートは、子爵家の出身だ。長いものには巻かれる、典型的な貴族である。

彼は魔力があること以外大した取り柄のない次男坊で、仕方がなく魔法師団に入った口らしく、体はほっそりとしている。

そんな私たちが最初に派遣されることになったのは、国の南端に位置するルーラン地方。隣国ルストワニアと接する地域だ。

「最悪だ。お前たちと一緒だなんて。しかも、あんなど田舎に。お前ら、俺の足を引っ張るなよ」

早速イアンが、私とルカ、エリュシオンに噛みついてくる。

それに対してエリュシオンが「どっちが」とぼそりと呟く。

大変面倒なメンバーが選ばれたと、早くも団長を恨みたくなった私だった。


その日の夜、私はベッドの上に横になって、シミのついた天井を見上げていた。

部屋に唯一ある小窓からは月明かりが差し込んできていて、灯りがいらないくらい明るい。

いつもなら疲れてすぐに寝てしまいそうなところだが、今日はベッドに入ってからすでに三時間ほどが経っていた。

目を閉じてみても、眠気は一向にやってこない。

これからの半年間、各地で私はどのような目で見られることになるのだろうか。

支部で実戦に臨む時、私は仲間に信頼され、仲間を信頼することができるのだろうか。

そんなことを考えながら何度目かの寝返りを打った時、窓に小石のようなものが当たる音が聞こえた。

コン、コン。

重たい体を起こして窓に近寄ってみると、外には笑顔で手を振るアランがいた。

私は上着を羽織り、人の気配を探りながらこっそりと部屋を抜け出す。

「よかった。まだ起きてて」

「どうかしたの？」

「別に。ただ、どうしてるかなと思って。本当はもう少し早く会いに来ようと思ってたんだけど、なかなか時間が取れなくてね。ごめん、こんな時間に。さっきまで仕事をしてたんだ」

へらっと笑う姿は、全然疲れているようには見えない。

でもよく見ると、目の下にはうっすらと隈ができている。学園にいた頃より若干痩せたようにも思った。

「大変そうね。ちゃんとご飯、食べられてるの？」

アランは苦笑するだけでその問いには答えなかった。

「セシルのほうもいろいろと大変そうだね。大丈夫？」

私もなにも言わず、肩を竦めるにとどめた。

普通の女性ならば、ここで甘えた姿を見せるのかもしれないけれど、私にはそんなことできなかった。アランもそれを分かっているのか、特に気にした様子はない。

女性なら、王太子の婚約者候補なら、強い魔力を持っているなら――誰もが自分勝手に私にレッテルを貼ろうとする。

でも、アランはありのままの私を見てくれる。だからこそ彼と過ごす時間は私にとって心地いいものだった。

「近々、実地訓練があるって聞いたけど。どこに行くの？」

「ルーラン地方。班に分かれて、あちこちに飛ばされるみたい」

「派遣期間は一ヶ月だったよね」

「ええ」

「じゃあ、しばらく寂しくなるね」

「そうね。でも、行く前に少しだけ時間が空くわ」

「じゃあ、その時に食事でもどう？」

「ええ。また連絡するわ」

「うん。こっちも時間を作るよ」

夜も遅かったので、アランは十五分ぐらいで帰っていった。

いい加減寝ないと、明日の訓練に響く。私はアランを見送ってすぐ、ベッドの上に横になった。

すると不思議なことに、すんなりと眠れた。

「ごめん、ごめん。待たせたね」

魔法師団ルーラン支部に到着した私たちは、応接室に通された。

ソファーに腰を下ろしてしばらく待っていると、夜空色の髪と目をした優しそうな男と、炎のように赤い髪と金色の目をした男が入ってきた。

私のオッドアイも珍しいが、夜空色の髪や目というのも珍しい。

「僕はルーラン支部の支部長、アハト・アーレット。こっちはこの支部で君たちの教育係を務めるダニエル・エヴァレットだ。よろしくね」

「「「「「よろしくお願いします」」」」」

ダニエルの身長は優に二メートルを超えており、制服の外からでも分かるほど筋骨(きんこつ)隆々(りゅうりゅう)な体をしている。

私たちは穏やかそうなアハトと険しい顔つきのダニエルを見比べて、教育係はアハト支部長がよかったと心の中で嘆(なげ)いた。

◆◆◆

「あいつら絶対、教育係はお前のほうがよかったって思ってるだろうな」

新人たちが応接室を出ていったあと、俺はアハトに言った。

アハトは新人の反応を思い出したようにクククッと笑う。

「あいつら、お前の本性を知らないから。知ったら絶対に教育係が俺でよかったと涙ながらに言うだろうな」

「失礼だね。僕は君と違って、優しいよ」

爽やかな笑みで言うアハトに、俺は顔を引きつらせた。

「元拷問官が言うセリフかよ。本当の悪人は人のいい笑みを浮かべている。俺のおふくろが昔、口を酸っぱくして言っていたぜ。親の言うことはやはり素直に聞いておくべきだな。俺はお前と知り合って真っ先にそう思ったよ」

彼がなぜ拷問官をやめて、魔法師団に入ったのかは誰も知らない。

これはこの支部の謎だ。

誰も進んで彼の怒りを買いたくはないので、事実を確かめようとした無謀な人間も今までいなかった。

俺も他人の経歴やここにいる理由なんかに興味はないので、聞きたいとも思わない。

「それにしても、セシル・ライナスか……。大変なのが回ってきたな」

「そうだね。なかなかの魔力だ。それ以外のメンバーも、一癖も二癖もありそうな奴がそろっている。君も大変だね」

「慣れてるよ。だいたい、だからこそ最初にここに回ってきたんだろ。団長、そういう奴らばっかよこすからな」

「それだけ期待されているということじゃないの」

他人事のようにアハトは言うが、俺は毎回教育に苦労しているのだ。

たまには素直で可愛い後輩が欲しいと思ってしまうのは仕方がない。

◆　◆　◆

私たちの朝は早い。

朝を告げる最初の鐘（かね）の音で起床。身だしなみを整えたら、食堂、廊下、訓練所、資料庫の掃除をして、最後に防具の手入れをする。

貴族の子息令嬢は当然だが掃除なんかしたことがない。ひどい人は雑巾(ぞうきん)の絞り方すら知らないくらいだ。

また、こういったことは使用人の役目だと言ってサボる人間も多い。

もちろんそうなった場合、連帯責任を負わされるので班の全員がペナルティーを受けることになる。

実戦で命令違反を犯せば、自分だけでなく他のメンバーの命も危険に晒(さら)す。

それに私は別として、魔法を使うためには詠唱という隙が必ず生まれる。だから魔法師が戦うためには、他者との連携が不可欠なのだ。

この実地訓練は、それを理解させるために班ごとに行(おこな)われている。

「公爵令嬢様が使用人の真似事をするなんてな」

私たちの班ではこういった雑務をサボる人間はいなかったものの、イアンは必ず嫌味と文句を言う。けれど私はいつも無視しているので、余計にイアンは腹を立てるのだった。

「お前だっていいとこの坊っちゃんだろうが」

すかさずエリュシオンの突っ込みが入る。

「一緒にするな。俺は魔法師団に入るべく、幼い頃から訓練してきた。男に媚(こび)を売って、毎日を無駄に過ごしてきた女とは違う」

　そう言ってエリュシオンを睨みつけたイアンを、私はくすりと笑った。

　小さい笑い声だったけど、イアンは耳ざとく聞きつけたらしい。すかさず噛みついてくる。

「なにがおかしい！」

「貴族の令嬢が男に媚びるのは当然だわ。女が自力で生きようとすれば、男は『女のくせに』と言うでしょう？」

　男に媚を売ると罵る一方で、私のように自分で生計を立てようとすれば許さない。

「だから女は地位や金のある男に媚を売るのよ。貴族の令嬢が当たり前のように働ける場所なんてないのだから。自分で生計を立てられないのなら、男に媚びるしかないでしょう。ある意味、生存戦略だわ」

　私は蔑むようにイアンを見つめる。

「まあ、あなたは女が着飾れば『なにもせずに、いい身分だ』と嘲るし、生意気を言えば『女らしく甘えてみせろ』と言うのでしょうね。けれど媚を売ってみせたら『卑しい』と嫌悪する。いったい女にどうしろと？」

　イアンは私から視線を逸らした。でも負けるのは癪らしく、「ただの屁理屈だろ」と言い返す。けれど先ほどのような勢いはない。

そんなイアンを、私は侮蔑の眼差しで見つめ続けていた。

「っんだよ。なんだよ！　本当のことだろ！」

イアンが耐えかねて私の胸倉を掴み上げる。

「誰にも彼にも噛みついて、まるで臆病な子犬のようね」

「なんだと！」

「あら、よくいるじゃない。臆病な癖に、自分の力量も分からず牙を剥く子犬が」

にっこりと笑って私は言う。

悪意満載の言葉を吐きつつ、私はまるで無邪気な子供のような笑みを浮かべた。

その時、ダニエルの声が聞こえてきた。

「おい。掃除にどれだけ時間をかけるつもりだ」

視線をイアンの後ろに向けると、ダニエルが腕を組んで壁に寄りかかりながらこちらを見ている。

随分とタイミングよく現れたなと思ったけれど、すでに朝食を食べ終えていないといけない時間になっていた。あまりにも遅いので、わざわざ探しに来てくれたのだろう。

ダニエルは一同をぐるりと見回し、深い溜息をついた。

実地訓練二日目にして問題を起こした私たちに呆れているのだ。

私の胸倉を掴んでいたイアンは、おろおろと視線をさまよわせている。こういう時、咄嗟にうまい言い訳の一つや二つ思いつかないのかと私は呆れた。

私は胸倉を掴んでいるイアンの手にそっと触れ、優しく自分から引き剥がす。

「申し訳ありません。少しおふざけが過ぎてしまいまして。時間が経っているのに気づきませんでしたわ」

「……女の胸倉を掴むのがおふざけか？」

ダニエルは訝しげに私を見る。けれど私はにっこりと笑って「ええ」と答えた。

嘘も堂々とつけば真実味を帯びるもの。ましてや、状況的に被害者に見える側が述べたのならなおさらだ。

「男性同士のおふざけではよくあることなのでしょう？」

「……まぁ、確かに」

ダニエルの歯切れは悪い。その態度が、「お前は女だろ」と言っている。

「男社会に身を置くんですもの。私も殿方の馴れ合いというものを知りたくて、イアンに教えていただいていたんですの」

「つまり、俺はその一部を目撃しただけで、揉めていたわけではないと？」

「はい」

ダニエルはまだ納得していない。

ちらりと視線をイアンに向けると、彼は気まずそうに俯いていた。なんとも情けない姿である。

ダニエルは溜息を一つついた。

「いいだろう。そういうことにしてやる。ただし二度目はない。それと時間に遅れたのは事実だ。そっちの罰は受けてもらう。もちろん連帯責任だ。罰はあとで言い渡す。掃除が終わったら外に集合しろ」

それだけ言って、ダニエルは私たちに背を向けて去っていった。

完全にダニエルの背が見えなくなると、イアンが私を睨みつける。

「なんで庇った？」

庇われたことを不服に思っているらしい。

「ここで揉め事を起こしたら連帯責任。私の評価に響くからよ」

「つまり、自分のためだと？」

「ええ」

なんの迷いも躊躇いもなく私は答えた。

「だから借りだなんて思わなくて結構よ」

「……自分のためにしか動かないのだな、お前は」

「他人のために動くことに、なんの価値があると言うの？」

疑問として投げかけたが、私は答えを必要としていなかった。

話は終わりとばかりに掃除の続きを始める。

これ以上遅れたらダニエルにまた怒られるので、不服そうではあるがイアンも掃除に戻った。

◆　◆　◆

その日の夜。遅刻の罰として与えられたのは、支部を囲うように広がっている森の見回りだった。

それぞれ二人ペアになっての見回りを命じられたのだが、なぜか俺――イアンの相手はアハト支部長だった。

森の中に入ると、木々が茂っているせいで月の光さえも入らない。外界と隔絶した闇の世界で、鼻歌でも歌い出しそうな雰囲気のアハトを、俺は戸惑いながら見上げる。

「あの……」

「ん?」

「どうして支部長が見回りに? そういうのは下っ端の役目ですよね?」

「まぁ、そうだね。でも、自分のテリトリーだから、時間が空いた時はこうやって見回りをすることくらいあるよ。別に部下のことを信用していないわけじゃない。ただ、部下と同じ仕事をすることで彼らが困っていることが分かるし、改善策を考えることもできる。命令を出すだけじゃ分からないこともあるのさ。だから僕はできる限り自分で動いて、感じて、見ていたいんだ。部下の仕事をね」

そう言ってアハトは微笑んだ。その笑顔が眩しくて、俺は自然と視線を地面に落とす。

「イアンは、セシルのことをどう思う?」

辺りを警戒しながら、アハトはいきなり核心を突くような質問をしてきた。

ここで自分の評価を上げておくためには、セシルのことを褒めるのが一番だろう。彼女は俺よりも家柄が上だし、王太子殿下の婚約者候補だし、魔力を操る技術だって新入りの中ではダントツだ。

でも、俺は嘘でもセシルを褒めたくなかった。

俺が黙り込んでいると、アハトがまた口を開く。

「彼女がなぜ魔法師団に入団したのか、君は考えたことがあるかい? いくら王妃様の前例があるからといって、公爵令嬢である彼女が魔法師団への入団を許されるのは簡単なことじゃない。それがなにを意味するか、君は考えたことがある？」

静かな夜に、アハトの言葉が響く。

「セシルは本当に心から魔法師団に入りたかったと思う？」

「違うのですか？」と問いかけるかわりに、俺は疑問を顔に浮かべてアハトを見つめる。

「僕はそうは思わない。彼女はそれ以外に道がなかったのだと思うよ。大きな力を前に人は怖気づくものだ。いつだって彼女は恐れの対象だった。陛下はこの国の武力の象徴として、彼女が魔法師団に入ることを許したのだと思うよ。きっと数年以内に戦争が起こる。なんだか怪しい行動をしている国があるみたいだしね」

アハトはなんでもないことのように語る。でも、その内容は決して平然とした顔で聞けるものではなかった。

俺は思わず立ち止まり、青ざめた顔でアハトを見る。

アハトも足を止め、自分よりも一歩後ろにいる俺を静かに見つめてくる。その瞳は、ただ目の前にある真実のみを映し出していた。

「国内外に彼女の強さを見せつける必要がある。そうすれば彼女の力を、我が国の武力をみんなに知らしめることができる。この国も彼女も安泰だね」

「で、でも、戦場に行けばセシルが死ぬ可能性だってありますよね」

なんとか絞り出した声は震えていた。

「そうなっても国にとって大損害ってわけではないし、それぐらいのリスクは当然じゃない」

「当然って……」

唖然（あぜん）とする俺に追い打ちをかけるようにアハトは続ける。

「理解できない？　でも、それが彼女の生きる世界だよ。国が、僕たちを含めた国民みんなが彼女にそうあることを望んだ。意識的にしろ、無意識的にしろ。そして彼女には、それに応（こた）える以外の道はない」

そこまで言うと、アハトはまた歩き始めた。

「君には魔法師団に入るだけの才能はある。でも、それだけだ。君の魔力は凡人止まりだよ。魔力の量は努力ではどうにもならないから、足りない部分は補（おぎな）う工夫をしなくちゃね。まあ言うのは簡単だけどさ。それができていたら、君はここまでセシルに突っかからなかっただろうね」

今朝の騒動のことを知ってか知らずか、アハトは静かにそう言った。

つまるところ、俺がしているのは理不尽な八つ当たりなのだ。

アハトは話は終わりとばかりに口を閉じ、先を歩いていく。

俺はすぐに慌ててアハトのあとを追った。

◆　◆　◆

罰として命じられた見回りで、私はルーカスとペアになった。

ルーカスとの間に会話はなく、私たちは淡々と見回りをこなす。

彼は私に興味がないのか、同じ班になっても一度も大した話をしたことがない。もちろん、突っかかってくることもなかった。

私も特に他人に興味がないので、お互いに無言を貫いていた。

見回りを始めてからしばらくして、私たちは同時に足を止めた。

生き物の気配を感じたのだ。

私はすぐに支部から渡された指輪型の通信用魔道具に触れる。

「支部の監視用魔道具になにか映っていませんか？」

支部の周辺には監視用の魔道具が設置されている。その映像を確認している人間が常に二人はいるので、私はそこに問い合わせ、不審なものが映っていないか確認したのだ。

『特には。なにかありましたか？』

「いいえ。それならいいです」

「獣か？」

ルーカスは腰にさげた剣の柄に手をやり、照明の魔法を唱える。

私はいつでも魔法を放てるよう意識を集中させた。

ルーカスの魔法によって、汚れたぼろ布をまとった男が照らし出される。男は右手を目の前に持ってきて、眩しそうにかざしていた。

私はすぐに魔法で木の蔓を操り、男を縛り上げた。ルーカスは不審者を捕らえたことを支部に報告。すぐに応援が来るとのことだ。

男の顔には無精ひげがあり、がりがりに痩せ細った体をしていた。雰囲気もそうだし、あっさりと捕まった様子を見るに男は荒事に不慣れだと分かる。スラムの人間が紛れ込んだのかもしれない。

「○▲※□♯×Å!!」

拘束された男は、聞き慣れない言葉で喚き散らす。

ルーカスは首を傾げて、私を見る。

「何語だ？」

「ルストワニア語」

私はあっさりと答えた。これにはルーカスも目を丸くして驚く。その表情は彼を実年齢よりも幼く見せて、可愛かった。

「よく知っているな」

心からの称賛に私は苦笑する。

「これでも元第二王子の婚約者で、今は第一王子の婚約者候補だからね」

といっても、ほとんど独学だ。転生者としてのチートなのか、前世の記憶が戻ってからは字の読み書きにさほど苦労はしなかった。

「外交を担う王族の婚約者ともなれば、周辺の国の言葉ぐらいは叩き込まれていて当然か」

私の家の事情を知らないルーカスは、幼い頃から家庭教師に教え込まれているのだと勘違いしたようだった。そのことに気づきながらも私は訂正しない。

「ええ」

隣国ルストワニア。貧富の差が激しい国で、強権的な独裁政治で有名だ。好戦的な国でもあり、他国に戦争を仕掛けては植民地化している。ルストワニアの王侯貴族は戦争で得た利益で私腹を肥やし、また新しい戦争を始めるのだ。

でも、戦争をすれば男は徴兵（ちょうへい）されるし、税金も上がる。民の暮らしは苦しくなるばかりだ。

閉鎖的な国なのでその全貌（ぜんぼう）を知る人は少ないが、国民が貧しい暮らしに耐えられず、時折こうやって逃げ出してくることがあった。

けれど不法入国なので、見つけたら強制送還するのが決まりだ。

「面倒なものを拾ったな」

ルストワニアの内情を知っているルーカスは、眉間に皺（しわ）を寄せる。それには私も同意する。

「何事もなければいいけど」

「ああ。最悪、うちが彼を誘拐したとか言い出しかねない」

普通ならあり得ないことだが、ルストワニアはいつも開戦の理由を探している。どんなささいなことでも、つけ込まれないよう注意が必要なのだ。

翌日、私とルーカスが拾ったルストワニア人は、王都の騎士団本部へ移送されることに決まった。それまでは不法入国者として、魔法師団ルーラン支部の牢獄へ入れられることに。

牢獄といっても、重大な罪を犯したわけではないので温かい食事が出されるし、毛布も与えられている。多少不便だろうが、罪人としては破格の待遇と言えるだろう。

私が先に手柄を立てたことが気に入らないのか、イアンは朝からずっと突っかかってくる。

面倒なのでまったく相手にしないが、それが火に油を注ぐ結果になった。

「セシル！　なんで今、風魔法を使ったんだ。おかげで俺の火が吹き飛んだじゃないか！」

先輩チームと新人チームでの戦闘訓練中、イアンが怒鳴り声を上げる。

「おかしな言いがかりはよしてちょうだい。私の魔法をあなたがかき消したのでしょう」

私がルカを補佐するために放った魔法にイアンの魔法がぶつかってきて、相殺されてしまったのだ。

その様子をダニエルは呆れながら、アハトは面白そうに笑いながら眺めていた。

「清々しいね。清々しいぐらいに合ってない」

「あれじゃあ戦場で殺してくれと言っているようなものだ」

「そこまで女性が入ることが気に入らないか」

「才能、実力ともにセシルのほうが上だ。男のプライドに関わるんだろ」

こめかみを押さえながらダニエルが言うと、アハトは冷たく刺すような空気をまとわせる。

「プライドで守れる命も仲間もない。邪魔なだけのプライドはへし折るべきだと僕は思うよ」

ダニエルの背筋にぞくりと嫌な汗が流れた。

「なにをする気だ」

その問いにアハトは答えず、ただにっこりと笑っていた。

「くそっ」

訓練終了後、イアンは荒れていた。

それもそうだろう。先輩たちにあれほど無様に負けたのだから。それに誰が見ても決して気持ちのいい戦い方ではなかった。

「どういうつもりだ、セシル・ライナス」

「どう、とは?」

水場でタオルを濡らして汗を拭き取っていた私に、イアンは声を荒らげた。

「俺の邪魔ばかりして、そんなに自分の評価を上げたいのか。卑怯(ひきょう)にもほどがあるぞ」

「おい、イアン。いい加減にしろよ」

「誰の失態でもない。全員の責任だ」

「……」

「け、喧嘩はよくないと思うよ」

エリュシオンとルカは非難の声を上げ、ルーカスは無言でイアンを責める。一番ひ弱なコンダートはおろおろしていた。

イアンの敵意を真っ向から受けた私は、彼に侮蔑の眼差しを向け、嘆息する。

朝からずっと突っかかられていて、私は最高潮に機嫌が悪い。

それでも感情のままに魔力を使わないように、体内に渦巻く魔力をコントロールしていた。

「あなた、なにを焦っているの？」

「っ！」

図星だったらしい。イアンははっとして口を噤んだ。

そのことに私は呆れ、また溜息が漏れる。

「いい加減、突っかかるのはやめてくれないかしら？　凡人はどんなに努力しても凡人よ。ただでさえ才ある者に勝てないのに、なんの努力もせず突っかかるばかり。それでは私に勝つなどほど遠いわ」

イアンの顔が屈辱に歪む。

「普通、自分で自分のことを『才ある者』って言うか？」

若干呆れながらエリュシオンが突っ込む。

「あら。私のような者が自分は凡人だと言ったところで、ただの嫌みにしかならないわ」

「それは、まぁ、ごもっともで」

「だが、俺たちは仲間だ。勝ち負けなどない」

ルーカスの言葉に、イアンは怒りで目を血走らせる。

「こんな奴、仲間なんかじゃないっ！」

「「イアンっ！」」

すかさずエリュシオンとルカが非難するように名前を呼ぶ。

けれどイアンは拳を握りしめ、私を睨みつけるだけ。

「結構よ」

そう言った私の表情から、すべての感情が消え失せるのが分かった。

「セシル」

ルーカスが私を窘めるように呼ぶが、無視した。

「私たちは一時的に一緒にいるだけ。馴れ合うためではないわ。だけど、先ほどのように足の引っ張り合いになるのもごめんよ。あなた方と心中するつもりはないもの」

「辛辣だね、セシル嬢は」

揉めているところに、別の声が入ってきた。

全員の視線が声のほうに向く。そこには爽やかな笑みを浮かべたアハトと、なぜか顔色の悪いダニエルがいた。

「彼女の言うことは正論だ。僕も別に君たちに仲良くしろとは言わないさ。実際、先輩チームにも仲の良くないチームはある。でもね、実戦になれば不思議なぐらい息がぴったり合うんだ。なぜか分かるかい？　そこにはね、君たちにはない信頼と理解があるからだ」

「理解、ですか？」

コンダートが首を傾げる。

「そうだよ。自分のチームメンバーのことをよく知り、考え、理解する。メンバーがなにを考え、どう動くのか、その中で自分はどうするのがベストなのかをちゃんと分かっているのさ。君たちにはそういう意識が欠落しているね」

事実なので誰もなにも言えない。

「だからね、君たちには無理にでも理解してもらうよ。それができなければ、死ぬからさ」

「ふぇ」

誰もが口を閉ざす中、コンダートが情けない声を上げた。

アハトがにこにこと笑う横で、ダニエルは頭痛がするのか、頭を押さえている。

これは本気で死を覚悟しなければいけないようだ。

「なんで、こんなことに」

「つべこべ言わずに歩く」

ぐちぐち文句を言うイアンをルーカスは睨む。

私たちはアハトの命令で、とある村の視察に行くことになった。

行き先は支部からかなり距離がある上、先日そこに向かったはずの二名の魔法師が帰ってこないという。

そのため、様子を見に行ってほしいということだった。

「えっと、こっちかな」

地図を見ながらコンダートが自信なさげに道を示す。

彼はアハトに『君がリーダーね』と言われ、地図を持たされたのだ。

「あなた、地図が読めないの？」

こんな森の中で迷いたくない私は、後ろからひょいっとコンダートの持つ地図を覗き込んだ。

「ひえっ」

「なによ」

「い、いいいえ、す、すみません」

赤面するコンダートを、私は不思議に思って見つめる。

「セシル、顔が近いんだよ」

「そうだね。少し、離れたほうがいいかと」

なぜか不機嫌丸出しのエリュシオンと、いつも通りの爽やかな笑顔なのにどこか怒っているように見えるルカ。

「コンダート、地図が読めないのなら貸せ。読んでやる」

無表情なのに、ルーカスからもいつもより圧を感じる。

そんな彼らの様子に、私は首を傾げた。

「道はこっちで合ってる」

ルーカスはコンダートから取り上げた地図を見て言う。

「じゃあ、さっさと行って終わらせようぜ。ちんたらしてたら今夜は野宿になっちまう」

イアンは不機嫌顔でずんずん先へ進んでいく。渋々ながらも、そのあとをみんながついていった。

多分、アハトは野宿も視野に入れていると思う。現に持たされている荷物には、二日分の食糧が入っている。

ここにいる人間は誰もが、草木が鬱蒼(うっそう)と生い茂る森を歩き慣れていない。

舗装されていない山道に何度も足を取られかけ、体力は奪われていく。

何度か休憩をはさみつつも、みんなの体力は徐々に削られていき、誰も文句一つ言う気力すらなくその日は野宿となった。

一応リーダーに任命されたコンダートが、通信用の魔道具で野宿することをアハトに伝える。

そのあと私たちは調理のいらない携帯食を食べ、交代で見張りをしながら夜を明かした。

目的地に着いたのは、翌日の昼すぎだった。

　この任務の危険度は高くないと聞いているが、魔法師が二人、行方不明なのだ。なにがあるか分からないので、茂みに隠れて慎重に村の様子をうかがう。

「あれが先輩たちが視察に行った村か。寂れてるな」

　声を潜めながらイアンが率直な感想を漏らす。

「村人はどこかしら？」

「少し待ってろ」

　エリュシオンが探知魔法で村の様子を確認する。

「生存反応はある。全員、家の中にいるな」

「それっておかしくないか？　貧乏暇なしだろ。あいつらは俺たち貴族と違って、朝から晩まで働くもんじゃないのか」

　言葉は悪いが、イアンの意見は正しい。

　この村の住民は、農業で生計を立てていると聞いている。となると、農閑期でもないのに真っ昼間から家に籠っているのはおかしい。

「どうする？」

　コンダートは不安そうな目で一同を見る。

「しばらく隠れて、村の様子を見たほうがいいんじゃないかしら」

私がそう提案すると、イアンがすかさず反対した。

「冗談だろ。また野宿になるじゃないか。それよりも、村人がいるならそいつらに話を聞いたほうが早いだろ」

これにはコンダートも賛成した。

「でもよ、お前だって言ったじゃねぇか、村の様子がおかしいって」

眉間に皺を寄せながらエリュシオンが言う。

「だからこそ、村人に話を聞くんだろ」

「村人が家に籠りきりなんて明らかにおかしい。おまけに先に視察へ行っていた先輩方が帰らないってことは、なにかあった可能性が高いだろう。賊でも入り込んでいたらどうするんだ。現状を支部に報告して、少し様子を見たほうがいい」

ルカはエリュシオンと私の意見を擁護する。

そのせいで意固地になったのか、イアンは急に立ち上がって村のほうへ駆け出した。

「ちょっと」

私が慌てて制止するが間に合わない。

「お前らの意見なんか知るかよ。俺が手柄を先取りしてやる」

そう言ってイアンは村の中に入っていった。

「待ってよ」

イアンの意見に賛成していたコンダートも慌ててあとを追った。

「どうする？」

急なイアンの行動に困惑する私、エリュシオン、ルカの三人をよそに、ルーカスが冷静に尋ねる。

「お前の安定したキャラが、なぜか今はほっとするよ」

脱力したようにエリュシオンが言う。

それに対しルーカスは「なにをバカなことを言っている」と怪訝な顔をしていた。

「とりあえず、様子を見よう」

ルカの提案に残された私たちは頷き、イアンの姿が見える位置へ移動しつつ、茂みの中で息を潜めるのであった。

◆　◆　◆

「なんだか、不気味だね」

コンダートはびくびくしながら俺の背後にぴったりとついて歩く。

「くっつくな。鬱陶しい」

「ご、ごめん。怖くて」

「はっ。お前、そんなんでよく魔法師団に入団する気になったな」

「僕は長男じゃないから。それに、僕は、その……学業の成績もあまりよくはないから、文官には向かなくて」

　びくびくしながら答えるコンダートに、俺は舌打ちをする。

「俺の足を引っ張るなよ」

　そう言って、近くにあった家のドアを乱暴に叩く。

「おい！　誰かいないのか！」

「そ、そんなに大声を出したらまずいよ。もしみんなの言うように賊がいたら、と、飛んできちゃうよ」

　腕に縋りついてくるコンダートを、俺は忌々しく思って振り払った。その衝撃で彼は尻もちをついてしまう。

　怯えたようにこちらを見上げてくるコンダート。

　その態度に俺のイライラは募る。

「そんなに嫌なら、他の奴らのようにコソコソ茂みに隠れてりゃあいいだろうが。この臆病者！」

「だ、だって……」

言い合いをしていると、錆びた金属をこすり合わせたような音を出して家のドアが開いた。

けれどわずかに開いた隙間からだけでは、中の様子もドアを開けた住人の顔すらも見えない。

「どなた」

しわがれた声だが、かろうじて女性であることが分かる。

「魔法師団ルーラン支部の者です。視察に来ました」

「……」

「最近この辺りでなにか変わったことはありませんでしたか？」

「……」

「昼間なのに随分と静かですね。なにかあったんですか？」

「……」

「他の方々も、あなたのように家に籠っているんですか？」

「……」

「家に籠る理由はなんですか？」

「……」

「どうしてなにも答えないんですか？」

「……」

だんまりを決め込む女性にさらにイライラが募る。

姿も見せず、質問にも答えない。

コンダートは不気味なこの状況に耐えかねたのか、セシルたちがいるほうへ走って逃げ出した。その姿を横目で確認しながら俺は再び舌打ちをする。

ギイッ。

また錆びた金属のこすれる音がしたかと思うと、腰の曲がった老婆が出てきた。頬がこけ、魔女を連想させるような風貌だ。

「どうぞ」

老婆は体を横にずらして俺を招き入れた。

家の中はいたって普通だ。

食卓には旦那と思しき男が老婆と同じように陰鬱とした様子で座っている。

「先ほどのお仲間は……？」

「ああ。あいつはいいんです。気にしないでください」

「……」

老人たちに探るような目で見つめられ、俺はごくりと唾を呑み込んだ。

◆　◆　◆

「イアン、家に入っちまったな」

「ちょっとヤバいんじゃない」

「ヤバくなるのはこっちも同じかも」

私の言葉に、三人の視線が集まる。

「コンダートがまっすぐこっちに向かってきているわ。もし、近くに賊が潜んでいたら、私たちの場所を知らせているようなものよ」

状況がまったく分からない以上、下手な交戦はどうあっても避けたいところだった。

コンダートのことだからそんなことはなにも考えてはいないのだろうけど。

「どうする？」

「放置して逃げ出すわけにはいくまい」

ルカの質問にルーカスが答えた。

息を切らせながらやってきたコンダートの頭を、エリュシオンはとりあえず一発殴る。

「な、なんで」

「なんでじゃねぇ。ちったぁ考えて行動しろ」

「……？」

コンダートの顔には、言われている意味が分からないと書いてある。そんな彼を見て、エリュシオンは盛大な溜息をついた。

「コンダート、様子はどうだった？」

少しでも情報を得ようと私が質問する。

「なんだか不気味だったよ。警戒しまくりって感じ。まぁ、こういう閉鎖的な村は警戒心が強いから仕方がないのかもしれないけど」

「だからって魔法師団の制服を着た者まで警戒する必要がある？　支部で聞いた話だと定期的に視察には来ているみたいだし」

「それを僕に言われても……」

ルカの鋭い指摘にコンダートは言葉を詰まらせる。

「それはな、俺たちがいるからだよ。坊やたち」

突然背後から部外者の声が聞こえた。

「ひぃっ！」

「「「っ」」」

コンダートは情けない声を出し、私たちは瞬時に振り返って相手を刺激しないように

ゆっくりと態勢を立て直す。

そこには、体格がよく人相の悪い男の集団がいた。風貌からして一般人とは言い難い。

彼らはみな、幅広の大刀を持っていた。

「さて、村まで一緒に行こうか。おっと、おかしな真似はするなよ」

無精ひげを生やした男が顎で示したほうへ視線を向けると、首に剣を突きつけられた

イアンが家から出てくるところだった。

下手に動けば彼を殺すということか。

けれど私は、全員の意識がイアンに向いたほんの一瞬を見逃さなかった。その隙を突いて手の中に隠し持っていた通信機のスイッチを押し、男たちの指示に従う素振りを見せる。

「あなたたちの言う通りにするわ。だから彼を傷つけないで」

「ほう……。まさか、魔法師団に女がいたとはな」

さっきから場を仕切っている、赤いバンダナを頭に巻いた男が私の顎をくいっと持ち上げる。

下卑た笑みを浮かべた男は、私をまっすぐ見つめた。

私は意識を集中させ、魔力を放出する。

「なんだ？　霧か？」

私の魔力によって、徐々に足元から白い霧が満ちていく。

足にまとわりつくようにして霧は徐々に濃くなり、やがて男の体の半分を覆った。

「っ。貴様っ……なにしやがる！」

私は男の手を掴み、それを軸に体を回転させて勢いをつけ、彼の腹部に蹴りを入れた。

「全員、走れ！」

私の意図を察したエリュシオンが声をかけ、ルカが咄嗟に仲間に追跡魔法をかけた。

これは彼が編み出した魔法で、離れていてもお互いの場所が分かるようにするものだ。

ルカの魔法を信じて各自バラバラの方向へ逃げ、賊をまく。誰に指示されるでもなく、私たちは全員が逃げられるように考えて行動した。

しばし単独行動をとって賊をまいたあと、イアン以外は無事に合流することができた。

ルカの追跡魔法のおかげだ。

「ど、どうしよう。もしかして、殺されちゃうとか」

イアンが賊に捕まったことで、コンダートはうろたえていた。目には涙が浮かんでいる。

そんなコンダートのことは無視して、私はこれからどう動くか考えた。

「選択肢は二つ」

ルカが全員に視線を向けて、指を二本立てる。

「一つは支部から応援が来るまで待機。その場合、イアンの生存率はかなり低くなる」

「そ、そんなぁ！」

十分考えうることなので、コンダート以外は特に反応を示さない。

「もう一つは、僕たちだけでイアンを助ける」

「た、助けようよ。見捨てるなんて、かわいそうすぎるよ！」

「どうやって？」

冷たい視線を向けながらエリュシオンが聞いた。

コンダートは具体的な方法までは考えていなかったのか、エリュシオンの質問に言葉を詰まらせる。

「もうすでに殺されている可能性が高い。俺は見捨てるべきだと思うね」

エリュシオンは先輩たちが来るのを待つ選択をした。

「生きている可能性だってある。なのに、仲間を見捨てるっていうの⁉」

気が弱くて、いつもびくびくしているコンダートが、珍しくエリュシオンに噛みついた。潤んだ瞳でエリュシオンをキッと睨みつけている。

「あと先考えずに行動した奴が悪い」

「でも、誰にだって失敗はあるものでしょ。たった一回の失敗で――」

「その一回の失敗で死ぬんだよ。それに、その失敗で失われる命は必ずしも自身のものとは限らない。俺たちはこの国を守る剣であり、盾でもあるんだから」

エリュシオンのどすの利いた声に、コンダートは黙った。

もともとコンダートは口下手だ。エリュシオンの正論を覆す言葉が浮かんでこないのだろう。

「僕たちはチームだ。なら、ここは手を差し伸べるべきだと僕は思うよ」

ルカが静かにエリュシオンとコンダートの間に入る。

「つまり、てめぇはコンダートの意見に賛成ってことだな」

「ああ」

「相手の力量も、正確な人数も分からない。ここで行動するのは無謀すぎると思う。イアンには悪いが、応援を待ったほうが賢明だろう」

ルーカスはエリュシオンの意見に賛成した。

これで二対二。私の答えで方針が決まる。

全員の視線が私に集まった。

「これが他のチームだったら、応援を待つのが賢明でしょうね。勝ち目のない戦いなんてバカのすることだもの。でもみんな、一つ忘れてないかしら」

私の言葉に、全員が首を傾(かし)げる。

「この班には幸い、私がいる。相手の人数や実力は不明だけれど、所詮はただの賊。イアンを助け出す間、足止めしておくくらいなら楽勝よ」

「イアンを助け出したとして、そのあとはどうする？ まさかこの人数で賊とやり合うつもりか？」

なんでもないことのように言った私に、エリュシオンは疑問を次々と投げかけてくる。

「私はそれでもいいわよ。どのみち山の中を逃げ回っていたって、いつかは見つかってしまうのだから」

私は小首を傾(かし)げ、優雅な笑みを浮かべる。

「あなたたちはどうなの？ いくら私でも、怖気(おじけ)づいて戦えない人間を守りながら賊を倒すのは面倒だわ。土壇場で動けなくなるくらいなら、今のうちに逃げてちょうだい。そうしても誰も責めないわよ。まだ実戦経験もなく、人を殺したこともない新人なのだから」

コンダートはごくりと唾を呑み込んだ。

「……僕は仲間が死ぬかもしれないって時に、黙って待つなんてできない」

「もうすでに死んでるかもしれないけどな」

無神経なエリュシオンをコンダートは睨みつける。

けれどエリュシオンは肩を竦めただけ。痛くも痒くもないといったふうだ。

「どのみち、ここにいてもいつかは見つかる」

ルカは村のあるほうに視線を向けながら言う。

「僕たちがいることは奴らにはバレてる。うまくまいたとは思うけど、山狩りをされたら終わりだ。でも、セシルを中心に作戦を立てれば、少しは僕たちにとって有利な勝負ができると思う」

ルカは私の意見に賛成した。

「あぁっ！　もう、分かったよ。多数決ってことで。ルーカスも問題ないな」

エリュシオンが頭をかきむしりながら言う。

「ああ。問題ない」

「じゃあ、賊の気を引く人間とイアンを助ける人間に分かれるか」

ルカはそう言ってみんなを見る。

「賊全員の注意を引きつけられるのが理想だ。そうなると、相手を生かさず殺さず戦い続けられる、戦闘力の高い人間がいい」

ルカの意見に反論はない。

「セシルは気を引くほうになるね。戦力的に」

これは分かりきっていたことなので、私は無言で了承の意を示す。

「あとはどうする？　コンダートは僕と一緒に救出する側に回そうと思うんだけど」

「ぼ、僕もそっちのほうがいいです」

それもそうだろう。即座に肯定したコンダートを見て、誰もが思った。

彼の戦闘力や度胸などもろもろを考えると、正直足手まといだ。下手に捕まって人質にされたらたまらない。ルカと一緒なら安心だ。

「エリュシオンは剣の腕も立つから、セシルと一緒に戦ってもらおう。ルーカスはどこか離れたところに身を隠して、全体のフォローをお願いできる？」

「司令塔のような役割だな。遠距離魔法も得意分野だ。問題ない」

これで役割は決まった。あとは実行あるのみだ。

俺――イアンは村長らしき人物の邸で拘束されていた。

家主夫婦も拘束されていて、怯えた青白い顔で俯いている。

「お前の仲間は俺たちにビビッて逃げたみたいだぞ」

酒を飲みながら男が言う。

酒のせいで頬は赤くなり、足取りも覚束ない様子だ。

この男一人なら倒せる。でも、そのあとはどうする。下手に暴れて村人の命を危険に晒すわけにはいかない。

「まぁ、どうせすぐに捕まるさ」

「それはどうかな?」

「あん?」

俺の言葉が気に入らなかったのか、男はどんっとわざとらしく大きな音を立てて酒瓶を置いた。

貴族として生まれた俺は、争いごととは無縁の世界で生きてきた。魔法師団に入団したとはいえ、実戦経験もまだない。

村人たちと同じぐらいの恐怖心がこみ上げてきて、体が震えた。

それでも、貴族としての矜持（きょうじ）が恐怖に屈することを嫌がる。

俺はわざと不敵な笑みを浮かべてみせた。

「俺の仲間にはあいつがいる。国で最強のクソ生意気な魔法師が。ぐっ」

男に腹部を蹴られ、床に転がった。

「ひぃっ」

夫婦は怯（おび）え、身を寄せ合った。

「そんな生意気を言っていられるのも今のうちだ。お前たちみたいなエリートなんか所詮、口だけだからなっ」

もう一度みぞおちを蹴り上げられ、痛みで朦朧（もうろう）とする意識の中で、まったく賊の言う通りだと自嘲（じちょう）した。

『我が家に無能はいらない』

頭の中に、父の声が響く。

『またセシル・ライナスに負けたそうだな。女に負けて、お前、恥ずかしくないのか』

厳格な父は、そう言って何度も俺の体に鞭（むち）を入れた。

セシルは学業も優秀で、どんなに頑張ってもあいつは俺を嘲笑（あざわら）うようにその上を行く。

魔力だって、生まれ持った才能には天と地ほどの差があった。

『君には魔法師団に入るだけの才能はある。でも、それだけだ。君の魔力は凡人止まりだよ』

そんなこと、アハトに指摘されなくても分かっていた。

そう、分かってたんだ。

どんなに頑張っても、俺は彼女を超えられない。

本当は、セシルが誰よりも孤独だということは分かっていた。

でも、俺は気づかないふりをした。

だって、そのほうが楽だから。

全部、あいつのせいにして逃げた。

自分を守るために虚勢を張り、あいつのすべてを拒絶した。

それがどれだけ最低なことかなんて、分かってたんだ。

「ははは」

思わず零れた笑い声に、賊の男は床に転がったままの俺を不審そうに見つめる。

「なんだ。痛みでおかしくなっちまったのか？」

「この程度の痛み、大したことないさ。父上の鞭のほうが数倍痛い」

俺は床に転がったまま賊の男を見上げた。体の震えは止まっていた。

セシルがよく見せる表情を想像して、不敵な笑みを浮かべる。

「お前はあいつには勝てない。だって、あいつはこの国最強の魔法師だから。誰もあいつには勝てないよ」

「っ。うるせぇっ！」

セシル風の笑みは効果があったようだ。賊の男はわずかにたじろぎ、声を上ずらせた。

男はそれを誤魔化すように暴力を振るう。

絶え間なく痛みを与えられているのに、意識はなぜかより鮮明になっていった。

それにともない、徐々に頭も回り始める。

この家の中にいる賊は今、俺を殴っている酔っ払いが一人と、ドア付近に二人。気配からして裏口にも誰かいる。

それ以外に、村の周囲にも潜んでいるに違いない。

セシルたちはどう動くだろうか。

まずは支部に連絡して応援を頼むはずだ。そのあとは、応援が来るまで待機。その可能性が高い。

自分ならそうするなと思って、俺は笑った。

早く父親を見返してやりたかった。

くだらない嫉妬心から功を焦った。

その結果がこのざまなのだから、笑うしかないだろう。

「俺がへましちまったんだから仕方がないよな」

呟いた言葉は小さく、男は暴力を振るうことに夢中で聞こえなかったらしい。

ドォオォンッ！

「な、なんだ!?」

突然、外からとてつもない轟音が聞こえた。

賊たちはうろたえ、俺は体を起こして呆然と外を見つめた。

「まさか……」

助けに来たというのか。

「……あり得ない」

「お、おいっ。外を見に行ってこいっ！」

俺を殴っていた男がドア付近にいた仲間に命令する。命令を受けた男たちは慌てて外に出ていこうとして、すぐに吹っ飛んで戻ってきた。

「なっ⁉」

思わず上げた驚きの声は自分のものか、それとも残った賊のものか。

もうなにがなんだか分からなかった。

◆　◆　◆

「……おい。今、誰か吹っ飛ばしたぞ」

「あら、そう。見ていなかったわ。でも、どうせ賊だし問題ないでしょう」

「……」

エリュシオンと私は村で一番大きな邸の前に立っていた。

賊の動きを観察してみた結果、どうやらここが根城らしいと判断したのだ。

とすると、イアンが囚われているのもこの邸の中だろうと考え、私たちはその前で騒ぎを起こすことにした。

物陰から出て堂々と邸に近づこうとした私たちを、賊と思しき男たちが取り囲む。

身構えて魔法を使おうとしたエリュシオンよりも早く、私は爆発魔法を発動させた。

ドォォォンッという轟音とともに、私たちを取り囲んでいた男たちを次々と吹き飛ばしていく。

音を聞きつけて来たのだろう。家の中から出てきた二人組の男も、爆風に煽られて吹き飛んでいった。

もちろん殺してはいない。魔法をわざと直撃させず、発生させた爆風で吹き飛ばしているだけだ。

血や肉片らしきものは見当たらないので、うまくできているということだろう。

「これじゃあ足止めじゃなくて撃退だな」

エリュシオンが私の背後を守りながら溜息をついた。

離れたところから攻撃してくる人間は、ルーカスが遠距離魔法で撃ち落としてくれる。

初めてにしては、よくできた連携だった。

◆　◆　◆

「あ、あの。セシルたちは賊の気を引く役割だったような気がするんだけど……」

ルカと一緒にイアン救出組になっていた僕――コンダートは、背後から聞こえてくる轟音(ごうおん)に顔を引きつらせる。

「……役割は果たしているだろう。おかげでこっちは賊に遭遇していない」

そう言いながらも、ルカの顔も引きつっていた。

「でも、さっきから聞こえるこの音と悲鳴を考えると、もはや違う作戦になっている気がする」

「……」

ルカも同意見のようだった。

「任務に集中しろ」

「……はい」

セシルたちが派手に暴れているおかげで、僕とルカはあっさり目的の邸(やしき)に入ることができた。

裏口へ回ると、二人の見張りが表の尋常じゃない様子に慌てて、持ち場を離れていくところだった。

僕たちは裏口から侵入すると、一階の広い部屋でイアンを発見する。

「お前ら、どうして……」

縄で縛られ、床に転がされていたイアンは僕たちの登場に驚き、目を見開く。

すぐにイアンの縄を解き、全身をくまなくチェックした。

「よかった。大した怪我はしていないみたいだね」

「ああ」

さすがに無傷とまではいかなかったようだけど、命に関わる怪我がないことにほっと胸を撫(な)で下ろす。

そんな僕たちから、イアンは気まずそうに視線を逸(そ)らした。

「悪い。俺のせいで」

「いいさ。誰にだって間違いはある」

僕がそう言うと、ルカも頷(うなず)いた。

「まぁ、これっきりにしてほしいけどね」

「ああ。ところで、表で暴れているのは……」

「セシルとエリュシオンだ。ルーカスは村の外(はず)れの木の上に待機して、フォローしてくれている」

「そうか」

その時、バンッと裏口のドアが開いて、数人の賊が入ってきた。

「な、なんだてめぇらは！」

賊は僕たちがいる部屋に入ってくるなり怒鳴り声を上げる。

彼らが驚いた隙をついて、ルカが風魔法を放つ。

入ってきた賊のうち三人が吹き飛ばされ、大柄な男が一人だけ踏みとどまった。

にやりと不敵に笑う男に、ルカが舌打ちをする。

「ルカ、もう一度風魔法を！」

「了解」

「させるかっ！」

大柄な男は、詠唱する隙を与えまいと切りかかってきた。

その攻撃を、ルカは軽々とかわす。

「こ、これでもくらえ！」

僕は咄嗟に詠唱して水魔法を放つ。

けれど結果は、大柄な男が濡れただけに終わった。

「貴様」

「ひっ」

獣のような唸り声に、僕の目には涙が滲み思わず後ずさる。

そんな僕の肩を叩き、イアンが前に進み出た。

「でかした、コンダート」

「ふえっ」

イアンはびしょ濡れの男に電撃魔法を放つ。

「があああああっ」

全身を電流が駆け巡り、男はびくびくと痙攣(けいれん)して倒れた。

「君たちはイアンの奪還を目的に動いていたのではなかったのかね？」

口の端をひくひくと動かし、顔を引きつらせるアハト。その隣で、ダニエルは深い溜息をついていた。

私たちはイアンの奪還作戦に成功した。ついでに賊も全滅させて村長夫婦を救出し、村を救ったので、結果は上々のはずなのだが……

目の前に広がるのは、魔法によってえぐられ、ボコボコになった地面。

その状態を呆けたように見つめる村人。

そして、ボロボロになって失神している賊だった。

彼らの九割をボロ雑巾にしたのは私だ。

「そのつもりでしたが、少しやりすぎました」

アハトの質問に、私はしれっと答える。

「実戦で魔法を使った経験がなかったため、加減が分かりませんでした。以後気をつけます」

平然と言った私に、全員の心の声が聞こえてくる気がした。

――お前、絶対に悪いと思っていないだろう。

「まぁいい。説教はあとだ。とりあえず片づけるよ」

アハトにそう言われて、私たちは戦闘で荒らしてしまった村の回復に奔走した。


村がほぼ元通りになった頃には、日が暮れていた。

このまま支部に戻るには遅いので村の外で野営し、翌日支部へ帰還。五時間ほどアハトに説教を食らったあと、ダニエルからいつもの三倍の訓練メニューを命じられることに。おかげでその夜、ベッドに倒れ込んだ私たちは、指一本動かすことができなかった。

その翌日、イアンは班のメンバー全員に謝罪した。

私には、今まで突っかかってきた分も含めて謝られる。

少し驚いたものの、私はその謝罪を受け入れたのだった。

そうしてあっという間に半年が経ち、実地訓練の最終日がやってきた。

その夜、私は派遣先の支部の廊下で月を見上げていた。

そこへ、ルーカスがやってきた。

「眠れないのか?」

「そうね。いろいろあったけれど、終わってみると感慨深くって」

「お前にもそんな感情があったんだな」

純粋に驚いているらしいルーカスに、私は呆れながら視線を向ける。

「失礼ね。あなたは私をなんだと思っているの?」

「セシル・ライナス。それ以外の何者でもないと思っている」

真剣な眼差し(まなざし)でルーカスが言う。

「いつも不敵で、飄々(ひょうひょう)としている。感情など一切なく、まるで動く人形のよう。それが、俺が最初にお前に抱いた印象だ」

「そう。それで、実際に接してみた感想は？」

「半分はその通りで、半分は間違っていた。……セシル、実はずっと前から聞きそびれていたことがあるんだ」

「なに？」

「なぜ最初の派遣先で、イアンを奪還することに賛成した？　仲間に対する思いやりからか？　でも、お前は彼を切り捨てることも考えていたんじゃないのか？　だって、初めてチームを組んだ頃のイアンは連携を取るどころか、和を乱す不安要素でしかなかっただろう」

「なぜ、かしらね」

私はもう一度月を見上げて言う。

「彼がかわいそうだったから、かしらね」

「かわいそう？」

ルーカスは、「あれのどこが？」と言いたげだ。

「ええ。敵わない相手に挑むしかない彼が、とてもかわいそうだったわ」

そう言って微笑むと、ルーカスは顔を引きつらせた。

「バカ言ってないで早く寝ろ。明日は王都に向けて出発なんだから」

私の返答に呆れたのか、ルーカスは疲れた顔をして自室へ戻っていった。

その背を見送った私は、再び月を見上げる。

「本当に憐れなことなのよ、叶わない願いを抱き続けるなんて。ルーカス、あなたには分からないでしょうけれど」

一人、窓辺に佇む私の独白を聞く者はいなかった。


「お帰り、セシル」

長い実地訓練を終えて王都に帰ってきた私を、アランはいつも通りの笑顔で迎えてくれる。

その笑顔を見るとなぜかほっとした。それになにより、帰ってきたんだなと実感できる。

「ただいま、アラン」

「なかなかいい訓練期間だったようだな。顔つきが変わってる」

「そう?」

アランに言われて自分の顔を触ってみるが、あまり実感はない。

首を傾げる私に、アランはくすりと笑う。

「雰囲気が少し柔らかくなった。いい先輩と仲間に恵まれたみたいでよかったよ。俺としては棘のあるセシルも可愛らしくて好きだけど、今の君のほうが魅力的だ」

そう言って笑うアランに、私の頬は一気に熱くなった。

なぜか胸の鼓動まで速くなる。

こんなのは貴族がよく言う社交辞令。挨拶のようなものなのに。

でも、よく考えたら私はほとんど社交界に縁がなく、口説いてくる男性もいなかった。

どんなに頭の足りない男でも、王太子殿下の婚約者候補を口説こうなんて思わない。

面と向かって褒められることに慣れていないのだと、今さらながらに気づく。

「アラン、人の婚約者を口説かないでもらえるかな」

アランと話していると、ブラッド殿下がやってきた。

「これは殿下。でも、まだ彼女は候補であって、婚約者ではないでしょう？」

おどけてみせるアランにブラッド殿下は苦笑する。

「お帰り、セシル」

私は咳ばらいを一つして冷静になり、マナーに則った礼をする。

「ただいま、戻りました。殿下」

そんな私の手を取り、ブラッド殿下は口づけをする。

「君たちの活躍についてはすでに報告を受けているよ。最初の派遣先では、賊を捕縛したんだってね」

「……ええ、まぁ」

「今後の活躍も期待しているよ。少し、情勢がきな臭くなってきているからね」

その言葉で、場の空気が一気に引きしまった。

「ルストワニア、ですか？」

文官として王宮で働いているアランのもとには、様々な情報が集まってくる。

実地訓練で王宮を離れていた私よりも、彼のほうが事の深刻さをよく分かっているのだろう。眉間に皺を寄せている。

「ああ。戦争の準備を始めているようだ。――セシル」

「はい」

「君にも出陣してもらうことになる。周辺諸国に君の力を示すいい機会になるだろう。それが終わったら、本格的に結婚について考えてほしい」

「……分かりました」

ブラッド殿下は情では動かない。

自分の立場と国のことを常に念頭に置いて動く人だ。

だから、彼の心がどこにあったとしても、私を戦場へ行かせるだろう。

それが国のためになるのであれば。
嫌な話ではあるけれど、それが政治というものだと私も理解していた。

閑話　平常運転

実地訓練が終わり、配属先が決まるまでの間、私たちは久しぶりに本部での訓練に明け暮れていた。

実地訓練中ずっと一緒だった班のメンバーとは打ち解けたものの、やはり本部に帰ってきてみると、くだらない悪戯（いたずら）をするバカはまだ多い。

ある時は川に突き落とされたり、ある時は替えの制服を泥まみれにされたり。訓練中に本気で命を取ろうとしてくるバカもいた。

そんな連中を私はずっと無視し続けていた。そのせいか、彼らの悪戯（いたずら）はどんどん激しさを増していく。

ある日のお昼休み。一緒に昼食をとろうと実地訓練の班メンバーと待ち合わせていた時、頭上からいきなり水が降ってきてずぶ濡れになった。

それからいくらもしないうちに集まった班メンバーは、私の格好を見て怪訝（けげん）な顔をした。

「なぁ。なんで放置してるんだ？」

私の好戦的な性格を目の当たりにしたイアンは、なぜ嫌がらせしてくる連中に報復しないのか、疑問に思ったらしい。

「らしくないよな」

同様にエリュシオンも不思議そうに私を見る。

私はコンダートから受け取ったタオルで水気を丁寧に拭き取りながら微笑んだ。

「なにもしていないと本気で思っているの？」

「……なにを企んでいる？　お前は泣き寝入りするような殊勝な性格ではないことぐらい、ここにいる連中なら知っている。だからこそ、この状況に疑問を持ってる」

ルーカスが全員の心の声を代弁した。

私はいつも通り優雅な笑みを浮かべ、「じきに分かる」とだけ答えた。

「やれやれ、我々の姫君は秘密主義者だね」

ルカはおどけて肩を竦めた。

それから数日後の訓練中。

魔法師団本部に、金髪縦ロールの美少女がやってきた。

「ジョルダンっ！」

彼女は意志の強そうな目をこれでもかと吊り上げて、赤茶色の髪をした魔法師のもとへずかずかと歩いていく。

名前を呼ばれた魔法師は訓練を中断し、なぜかおろおろしている。

「ア、アリューシア。どうしたんだ」

パシンッ！

見事な平手が彼の右頬を襲った。

「どうしたですって⁉　よくもそんなことが言えましたわねぇ！」

アリューシアと呼ばれた美少女は、呆けた顔をしているジョルダンの胸倉を掴む。

「あなたとの婚約は破棄させていただくわ」

「なんだって⁉　なんでいきなり⁉　家同士の婚約だろ！　君の我儘でそんなこと許されるわけがない！」

「私の我儘ですって？　よくもそんなことをぬけぬけとおっしゃいますわね」

アリューシアは汚らわしいものを捨てるようにジョルダンの胸倉から手を離す。

まだ状況が理解できていないのか、うろたえる彼をアリューシアは侮蔑の眼差しで見つめた。

「私という婚約者がありながら、男の愛妾（あいしょう）を囲っているあなたに言われたくありませんわ」

「なっ」

頬を一気に紅潮（こうちょう）させ、慌てて周囲に視線を向けるジョルダン。

残念ながらアリューシアの声は訓練所全体に響いていて、その場にいた人間にはばっちりと聞こえていた。

ジョルダンと視線が合うや否（いな）や、さっと逸（そ）らす人間もいる。

「か、勝手なことを言うな」

「あら、事実ですわ。本人からも、あなたの家の使用人からも証言は取っておりますの。婚約破棄については、私の両親の許可はすでに得ていますわ。公爵家を敵に回してただですむと思わないでくださいましね」

そう言ってアリューシアは去っていった。

残されたジョルダンは崩れるように地面に座り込んだ。

確か彼は伯爵家の次男だったはずだ。公爵家には歯が立たないはず。

これからの報復を考えると、社交界への出入りも厳しくなるだろう。

うなだれるジョルダンの姿を見て、私はくすりと笑った。

その日の夕方。

魔法師団の食堂に、穏やかな笑みを浮かべた素朴な少女がやってきた。

「ごきげんよう、ヘンリー」

ヘンリーと呼ばれた団員は、金髪で、見た目はまあまあいい部類に入る青年だ。

そんな彼の傍らに立ち、少女はにっこりと微笑む。

「ミーヤ。どうしたんだい？　こんなところで」

不思議そうに首を傾げるヘンリー。

ミーヤと呼ばれた少女はにっこりと笑いながら、握りしめた拳を彼の左頬めがけて振り下ろした。

女性の力とはいえ、完全な不意打ちを食らったヘンリーは後ろにひっくり返る。

その拍子に、ガシャガシャンと大きな音を立て、お皿やコップ、ナイフなどが床に落ちた。

ヘンリーは殴られた頬に触れて、にっこりと笑いながら自分を見下ろしているミーヤを見る。

「あなたとの婚約を破棄させていただきますわ」

「ふぇ？」

情けない声を出すヘンリーの上に、ミーヤは婚約破棄の書類を投げてよこす。

「私は後ろから二番目の愛人なんですってね。いったい何人の愛人がいらっしゃるのかしら。私のことは、不細工だけれど、体だけはいいから婚約者にしてくださったそうですわね」

「ど、どうしてそれを⁉」

バカだ。自ら発言を認めるようなものだ。でも、本人は驚きすぎて自分の失態に気づいていない。

ミーヤは笑みを浮かべたまま続ける。

「とても親切な方たちが教えてくださいましたの。男爵家の三男ごときに侮辱（ぶじょく）されて、黙っていられるわけがありませんわ。この侮辱（ぶじょく）、倍にして返して差し上げます」

来た時と同様ににっこりと笑って、ミーヤは食堂から出ていった。

残されたヘンリーは婚約破棄の書類を手に取り、絶叫する。

その後も魔法師団員のスキャンダルが次々と発覚し、婚約破棄される連中があとを絶たなかった。

その全員が私を率先していじめていた人たちだったため、報復ではないかと噂されているらしい。

なぜ噂なのかと言うと、私に直接確認できるような勇気ある者が誰もいなかったからだ。

第四章　幸福

「魔法師団も随分と平和になったものですね」

魔法師団本部の倉庫で防具の手入れをしていた私のもとに、副団長のアルヴィンがやってきた。

「おかげで魔法師団の評判は急降下中ですが」

困ったように眉尻を下げるアルヴィン。そんな表情もなかなか様になる。

私に嫌がらせをしていた人たちが次々と婚約破棄されてから数日後。

私たちの配属先が発表された。

私は王都の魔法師団本部の、団長直轄部隊に配属されることに。

これでやっと私は、正式に魔法師団の魔法師となったのだった。

「少しは手加減をしてほしいものです」

「私はなにもしていません」

「次期宰相と目されるアラン・アルベルト殿とは、旧知の仲だそうですね」

「それがなにか？」

「情報源は彼ですか？」

「妄想が過ぎます」

淡々と、顔色一つ変えず答える私に、アルヴィンは穏やかな口調で続ける。

「殿下がお呼びです」

彼は世間話をするためにこんな離れたところに来るほど暇ではない。

私の口から無意識に溜息が漏れた。

そんな私を見て、アルヴィンが苦笑する。

「あなたも、なかなか大変な立場ですね」

私はその言葉には答えず、一礼してブラッド殿下の執務室へ向かった。

ノックをして所属と名前を言うと、すぐに中から「入れ」と声が返ってくる。

「失礼します」

中に入ると、ブラッド殿下とアランがいた。

ブラッド殿下に促(うなが)され、彼の前に腰を下ろす。出された紅茶を一口飲んだところでブラッド殿下が本題を切り出した。

「セシル、ルストワニアと近々開戦することが濃厚になってきた。以前に話した通り、君には最前線で戦ってもらうことになる。正式に命令が出る前に、あらかじめ知らせておこうと思ってな」

ぼんやりしていた景色が鮮明になり、一気に現実へ引き戻された感じがした。

「最前線といっても、派手な魔法で何回か暴れたらそのまま引っ込んでもらうよ。手はずはこちらで整える」

「随分と過保護な初陣ですわね」

普通の魔法師団員なら侮辱されたと怒っていい作戦内容だ。

そう思ったけれど、自分が普通の魔法師団員ではないことに気づき、内心で自嘲した。

「勝手なことを言っているのは分かっている。それでも私は君を、次期王妃にしたいと考えている。それと同時に、君はこの国最強の魔法師でもある」

私の考えていることに察しがついたのか、ブラッド殿下が苦渋に満ちた顔をする。そんなブラッド殿下に、私はいつも通りの笑みを浮かべた。

「分かっていますわ、殿下。私は私の役割を果たします」

ただ、ちょっと錯覚しただけだ。

普通の生活が送れるかもしれないと。

人と接して、衝突して、乗り越えて、そして——

くだらない妄想だと、私は心の中で一蹴した。

「セシル」

ブラッド殿下の執務室を出たあと、すぐにアランが追ってきた。

彼は周囲に人気がないことを確認し、それでも細心の注意を払って声を潜める。

「君は本当にそれでいいの？」

「なにが？」

「とぼけないで。君が一言嫌だと言えば、俺が手はずを整える」

「……自分がなにを言っているのか分かっているの？」

私の問いに、アランは真剣な顔で頷く。

「この国から出よう。どこか知らない国でひっそりと暮らせばいい。大丈夫、当分困らないだけの貯えはある」

アランとは長年の付き合いだ。彼が冗談でそんなことを言うはずがないと、私は理解していた。でも、今それに頷くことはできなかった。

「頭の片隅には置いておく」

「セシル、君は――」

「これはこれは。誰かと思えば、ライナス公爵令嬢ではないですか」

アランの声を遮るようにして、貴族らしい格好の男性が話しかけてきた。

男性は四十代くらいで、茶髪とエメラルドの目は同期のイアンに似ている。

「初めまして。愚息がお世話になっております。いや、お世話をさせられているのかな」

名乗りもせずにそのようなことを言ってくるなんて、無礼な男だ。

私とアランは冷めた目で彼を見つめた。

男性はそんなことには気づいていないらしい。それどころか私とアランを交互に見て、ふっと笑う。

「日の高いうちから、このような人目につく場所で逢い引きですかな?」

「ルスターファ侯爵っ！　いささか無礼が過ぎるのではありませんか！」

アランが怒鳴ったことで、私は彼がイアンの父親であることを知った。

ルスターファ侯爵はアランの怒鳴り声に「ははっ」と軽く笑った。

「学生時代から随分親しくなさっていると聞いていたので、ついね。邪推してしまうのも仕方がないでしょう」

私は目の前の獲物……愚かな男を見つめる。

「時に、ライナス公爵令嬢は此度の戦争へは出陣されるのですかな?」

「……」

私は答えない。そのことでルスターファ侯爵は眉間に皺を寄せる。

「あなたは随分と甘やかされて育ったようですね。年長者に対する礼儀を知らないとは」

不快感を露わにする侯爵に、私はくすりと笑う。

もちろん、その態度が余計に侯爵を刺激すると分かっていた。

「では、あなたが教えてくださいますか。初対面で名乗りもせずに身分が上の者を侮辱するのが、あなたのおっしゃる礼儀なのでしょうか。そのような斬新な礼儀を私は今初めて知りましたわ。恥ずかしながら流行には疎くて……」

「なっ」

にっこりと笑う私に対して、侯爵は息子と同い年の小娘に侮辱されたと、怒りで顔を赤くした。額に浮かんだ青筋は、今にも切れそうだ。

視線を周囲に向けると、ちらほらと野次馬が集まってきている。とはいえ上位貴族同士の争いに巻き込まれたくないのか、遠巻きに見ているだけのようだが。

怒りで周りが見えなくなっている侯爵は、自分が見られていることに気づいていない。

「そのように顔を赤くして、はしたないですわね」

私はさらに呆れたように言う。

「侯爵は随分と短気なお方なのですね。これではイアンの苦労がしのばれますわ」

「息子の苦労だと？」

「ええ。出来が悪いと鞭でぶっていたのでしょう？」

本人に直接聞いたわけではないが、人の口に戸は立てられない。侯爵の反応を見るに、根も葉もない噂というわけでもなさそうだ。

私の言葉に、周囲は眉間に皺を寄せ、イアンに同情的な声を上げた。

これで、侯爵のせいでイアンの評価が下がることはないだろう。

「親が子を躾けるのは当然のことだ。ライナス公爵家ではそれができていないから、あなたのような子が育つのではないのかな」

周囲の様子に気づかずに肯定し、さらに身分が上の私に対してまだ侮辱をしてくる侯爵。

「子は親の背を見て育つ。東方の言葉には、『蛙の子は蛙』という言葉が存在するそうですよ」

「いずれ生まれてくる私の子供も、礼儀知らずな無能だと？」

この時、私はあえて自分が産む可能性のある子供が、誰の子であるかを言わなかった。

「そうなるでしょうな」

あっさりと肯定した侯爵にアランは目を見開き、周囲からは悲鳴を呑み込むような声が零れてきた。

「父上！　すぐに撤回してください」

騒ぎを聞きつけたのか、イアンが慌ててやってきて侯爵に縋りつくように懇願した。

「子供の分際で、親に意見をするなっ！」

侯爵は大声でまくしたて、イアンの頬を拳で殴りつけた。

「っ！」

侯爵の拳をもろに食らったイアンは、その場に倒れ込む。

イアンは侯爵と違って事の重大さに気づいている。その証拠に、かわいそうなぐらい顔を真っ青にしていた。

「お前もアルベルトの息子同様、この女に誑かされたのか？　ふんっ。ライナス公爵令嬢は男を手玉に取るのがお得意のようだ。ねえ、ライナス公爵令嬢？　魔法師団なんかよりも、あなたに十分お似合いの職業があります。紹介して差し上げますよ」

「父上っ！　お願いです、これ以上はもうっ！」

イアンは立ち上がり、涙目になりながらなおも懇願する。

「つまり、私の婚約者候補殿には娼婦が適職だと言いたいのか？　いずれ彼女には、この国の王となる子を産んでもらおうと思っていたのだが……するとあなたにとってその子供は生まれた時から礼儀知らずの無能ということになるな」

侯爵の後ろから、今まで聞いたことがないぐらい低いブラッド殿下の声が聞こえた。

殿下の言葉でようやく自分の失態を悟った侯爵は顔を青くし、なんとかこの場を誤魔化そうと目を泳がせている。

「自分の息子に対する行きすぎた教育。これはもう虐待だろう。さらには公爵令嬢であるセシルや王族に対する侮辱。この短時間でここまでの失態を犯すとは」

「いや、あの……殿下、私は、その……そんなつもりでは……」

しどろもどろになる侯爵を、ブラッド殿下は冷たい目で睨みつける。

「良識ある息子が何度も止めていたようだが、まったく耳を貸さなかっただろう。それなのに今さら言い訳をされて、聞くと思うか？」

「っ！」

イアンが必死に止めようとしていたことはみんなが見ている。

侯爵も返す言葉がないのだろう。彼はその場に崩れるようにしてしゃがみ込んだ。

この私に嫌味の一つでも言ってやろうと思ったのが運の尽き。

挑発に乗った代償は大きく、後日侯爵は社交界を追放されることに。

けれど幸い、イアンが父親のことで辛い立場に追いやられることはなかった。

それから数日後、私は戦場へ向かった。

戦場になるのは、ルーラン地方。私が初めての実地訓練で派遣されたところであり、ルストワニアとの国境沿いにある地方だ。

ルストワニアからの侵攻を予想していた我が国は、敵軍の進路上に戦力を待機させ、奇襲をかける作戦に出た。

私もその奇襲部隊に入り、敵軍を混乱させる予定だ。

ルストワニア軍の進路を考えると必ず通るであろう村に潜入し、機会を待つ。

「遅いな」

進行速度からして、もうとっくに敵軍が来ていてもいい時間だった。

それでもじっと息を潜めて待っていると、離れたところから仲間の悲鳴が聞こえた。

「なんだ!?」

仲間の悲鳴に、私の隣にいた魔法師団員が立ち上がり、辺りを見回す。

すぐに彼の顔はみるみる青くなっていった。

「て、て、敵襲っ！　敵襲！」

彼の叫び声とほぼ同時に、四方からルストワニア軍が姿を現した。

「くそぉ！」

別の魔法師団員が立ち上がり、攻撃を仕掛けようと詠唱を始める。けれどその瞬間、彼の首が飛んだ。

それはコロコロとボールのように転がり、頭を失った体は力なく倒れた。

鼻につくような臭いがしており、首の切断面は焦げている。小規模な爆撃魔法を食らったのだろう。

死の恐怖が急激に私たちを追い立てる。

なんとか態勢を立て直して応戦するが、撤退すべきなのは明らかだった。

「う、うわぁぁ」

「死ねぇっ」

また一人、また一人と仲間が倒れていく。

乾いた地面が仲間の血で濡れ、晴れ渡った空には断末魔の悲鳴が響き渡る。

「っ」

目の前で何人もの仲間が倒れていく。私はその中で、できるだけたくさんの人間を助けようと集中した。

詠唱している敵の体を氷の刃で貫き、遠距離魔法を放ってくる敵を爆風で吹き飛ばす。

トドメを刺されかけていた仲間は、私が敵を倒したことで難を逃れ、慌てて態勢を立て直す。

「あ、ありがとう」

涙と鼻水で顔を汚しながら、彼は私に礼を述べる。

どんなに訓練を積み、どんなに覚悟して戦場に赴(おもむ)いた者でも、そう簡単に死の恐怖に打ち勝つことはできない。

生きたいと望むのは生き物の本能だから。

正直、私も怖い。

どこから飛んでくるか分からない敵の攻撃に晒(さら)され、私は理解した。

戦場では能力も立場も、経験も才能も関係ない。

理不尽に、そして等しく、命を奪い合う機会が与えられているのだと。

それからすぐに撤退命令が出た。

私は下がっていく仲間の最後尾がどこかを視認し、それよりも後ろの敵に向かって大規模な攻撃魔法を放った。

味方と敵が入り乱れている状態では、このような大規模な魔法は使用できない。

けれど敵と味方がはっきりと分かれてしまえば、私にできることも多くなる。

私は最後の仲間が逃げ切るまで攻撃を続け、しんがりを務めながらじりじりと撤退した。

「よくやった、セシル。もう大丈夫だ。お前も下がれ」

ぐしゃりと団長に頭を撫でられ、私は最後に一際大きな攻撃魔法を放って仲間のもとへ戻った。

この日私たちは、ルーラン地方を捨てて撤退することとなった。


その夜。私たちの部隊は重苦しい空気に包まれていた。

奇襲は失敗し、目の前で何人もの仲間を失った。

その事実が団員たちの空気をより重くしているのだ。

みんな遠征用の保存食を手にしてはいるが、実際に口に運んでいる者は少ない。

待ち伏せによる奇襲は、見事に失敗した。

敵はまるで、私たちがそこに潜んでいることを知っていたかのようで――

そこまで考えて、私は背筋が凍るような感覚を味わった。

まさか内通者が……

けれど、安易に口にすることは憚られる。

今、疑心暗鬼になって仲間同士でやり合うなんて自殺行為だ。

「あ、あの、大丈夫ですか？」

青ざめた私を、心配そうに覗き込んでくる顔があった。

茶色い散切り頭に、翡翠をはめ込んだような目をした青年だ。鼻の周りにそばかすがあり、どことなく気弱そうな印象を受ける。

「はい。大丈夫です」

「そう。少しでも食べたほうがいいですよ。まだ戦いは続くだろうから」

私はそう言われて初めて、自分が食事に一切手をつけていないことに気づいた。

「あと、さっきは助けてくれてありがとうございました。僕の名前はチャールズ・マグナム。よろしくお願いします」

そう言われて思い出した。確か、戦闘中に殺されそうになっていた彼をすんでのところで助けたんだっけ。

「セシル・ライナスです。よろしく」

「ひどい、戦争ですね」

「そうですね」

私は持っている食事に視線を落とした。食欲がわかない。

先ほど浮かんだ考えが、食欲をさらになくした。

「どうかしましたか？」

「……いえ」

チャールズを見ると、彼の持っている食事は半分ぐらい減っていた。

でも彼も、そこから先はなかなか進まないらしい。無理やり胃に収めているのだろう。

「……もしかして、内通者がいる？」

そんな声が聞こえて、私は思わず自分の考えが口に出てしまったのかと慌てた。

だが、そうではなかった。

私のすぐ近くに座っていた男の言葉だった。周りは彼の言葉を聞いて動揺する。

「裏切り……」

「まさか……」

「いや、でも……」

そんな声がざわざわと聞こえてきた。チャールズも真っ青になっている。

私はこの状況を見てまずいなと思った。

「オーランド・フェスト」

団長が鋭い声で名前を呼ぶ。呼ばれたのは、先ほど内通者の存在について言及した男だ。オーランドと呼ばれた彼は、はっと団長のほうを見た。

団長は眉間に皺（しわ）を寄せている。

「不用意な発言は慎（つつし）め。今後の作戦に支障をきたすことになる」

団長とは正反対に、副団長のアルヴィンは穏やかな表情と口調で言う。

「みなさん。今回は敵のほうが我々よりも上手（うわて）だったというだけです。作戦が失敗したからといって、内通者がいると断定するのは早急すぎます。いいですね」

嘘だ。二人とも内通者の可能性を考えている。けれど今は仲間割れしている時ではないし、正しい判断だろう。

そう思っていたら、団長たちの言葉にオーランドは食い下がった。

「どんなに優れた軍師だって、あそこまで完璧に我々の潜（ひそ）んでいる位置を予想することはできません！　間違いなく内通者はいます！」

「黙れ」

低く唸（うな）るような声で団長は命じる。

彼が放つ威圧感で、オーランドは不満そうにはしつつも口を閉じた。

「さっきも言った。不用意な発言は慎（つつし）め、と。これは命令だ。魔法師団に所属している以上、上の命令は絶対だ」

魔法師団において、命令違反者は処罰の対象となる。そのことを知らないバカはいない。

さすがのオーランドも黙り、団長は周囲を厳しい目で見回して言った。

「いいか。オーランドの言ったことはなんの根拠もない憶測だ。くだらないことに囚われて目先の問題を見失うな。成すべきことを成せ。死にたくないのならな」

そうして一旦この話は終了となった。

けれど確実にみんなの中に疑惑が芽生えたことを、全員が自覚していた。

私たちはそれをどうすることもできず、お互いを避けるように食事を終え、早々に眠りについた。

「セシル、おやすみなさい」

「おやすみなさい」

チャールズは警戒心満載の空気感に苦笑しながら、テントの中に入っていった。

それを見送ってすぐ、私も自分のテントへ入った。

夜の闇が最も深くなる時間、悲劇は起きた。

なにかが焼けるような匂いと息苦しさを感じて飛び起きる。

次いで、見張りの叫ぶ声と爆音が響いてきた。

慌てて外に出てみると、テントが燃やされていた。

それだけでなく、四方八方から火が飛んできている。

「くそっ！　どうなってんだよ！」

誰かの叫ぶ声が聞こえる。みんなパニックになっていた。

撤退したとはいえ、ただまっすぐ逃げて来たわけではない。敵をまく工夫はそれなりにしてあった。だというのに、こんなに早く私たちの居場所が特定されるなんておかしい。

もはや内通者がいるのは疑いようもなかった。

「落ち着け。態勢を立て直せ！」

団長の声が聞こえる。

私は味方の位置を把握し、結界を張る。それに気づいた副団長が、部下に水魔法で火を消すように指示した。

結界を張っていると、外から攻撃されているのが伝わってくる。

一時的に攻撃がやんだことで、徐々にパニックは収まり出した。

そこへすかさず団長の指示が飛ぶ。

「みんな、セシルを中心に集まれ！　彼女の負担を少なくするんだ！」

私は仲間が集まってくるのを確認しながら、徐々に結界の範囲を狭めていった。

「アルヴィン、敵の数は」

団長の質問に、副団長は瞬時に「総勢三〇〇」と答えた。

あの混乱の中、彼は探索魔法で敵の数を探っていたのか。

私は純粋に驚いた。

「完全に囲まれてる」

「やっぱり、内通者がいたんだ」

「お、俺じゃないぞ」

「俺でもないよ」

「お、お前。夕食前にどこかに行っていたな。どこに行っていたんだよ」

「用を足しに行ってただけだよ。お、俺を疑っているのか」

「この状況で誰を信じろって言うんだよ！」

パニックになった男が、相手の胸倉を掴んで怒鳴る。

胸倉を掴まれた男は周囲に助けを求めるように視線を走らせたが、みんな目を逸らすだけだ。味方がいないと悟った男の顔に、絶望が浮かぶ。

「おい、やめろ。その手を離せ」

団長と副団長が止めに入ったのでなんとか殴り合いにはならなかったが、こんな状況では敵とまともに戦うことはできないだろう。

「オ、オーランド。お前じゃないのか！　『内通者がいる』って煽って、仲間割れを狙ってるんだろ！」

疑われた男は苦し紛れにオーランドを責めた。すると今度はみんなの目がオーランドに向かう。

「ち、違う！　俺じゃない！　確かに不用意な発言だった。けど、俺じゃない！」

「どうだか」

「本当だ！　信じてくれ」

これではきりがない。

みんな疑心暗鬼になっている。

待ち伏せ作戦の失敗に、疲れ切ったところでの奇襲。

精神的に参っているのだ。彼らの目を見れば、理性的な判断が難しくなっているのが分かる。

団長も副団長も、この状況に焦りを感じているようだった。

仲間割れをしている時ではない。でも、こういうのは命令してどうにかなるものでもない。

「なんだか、嫌な空気だね」

チャールズは不安そうに周囲を見ている。

「お前らいい加減にしろ！　分かってんのか⁉　今もセシルが張ってくれている結界の外から、俺たちは攻撃を受けてるんだぞ！」

団長に一喝（いっかつ）されて、彼らは口を閉ざした。こんなことをしている場合ではないとやっと気づいたらしい。

「セシル。この結界、いつまで持つ？」

「持たせろと言われるのなら、一週間だろうが一ヶ月だろうが持たせられますよ」

「ははっ。結界が持っても、食糧がないから餓死（がし）するな」

私の回答に団長は冗談を交えて答えた。

「つくづく、お前が味方でよかったと思うよ。撤退の支援に、今回の結界。お前の力で救われた命は多い」

「ありがとうございます」

「だが、いつまでもこうしているわけにはいかないな。なにか策を考えなければ」

そう言って団長が考え込んでいた時、副団長が大声を上げた。

「ええっ！」

「どうした？」

アルヴィンは通信用の魔道具で誰かと話しているようだ。

何事か言葉を交わしてから、彼は喜色の笑みを浮かべてこちらを向いた。

「応援が！　王都からの応援がすぐそこまで来ています！」

「なに。本当か⁉」

「はい。これでなんとかなります」

さっきまで漂っていた緊張感はどこへやら。

みんなの口から安堵の息が漏れた。

私もほっと息をついてから、自分が思っていた以上に力を入れていたことに気づき、苦笑する。

それから数分後、副団長の言った通り、王都からの援軍が到着。

虚を衝かれたルストワニア軍は撤退していった。

「セシル、よかった。無事だったんだね」

「アラン⁉」

文官であるアランが、なぜ援軍の中にいるのか。

「どうして？」

私の問いに、アランは周囲を気にしながら声を潜めて言う。

「君も気づいていると思うけど、内通者がいる。作戦内容が漏れていたんじゃないかと思って、俺はそれを調べに来たんだ。それにもし内通者がいるなら、君たちが危機に陥るだろうと予測して援軍も用意した。少し時間がかかってしまったけどね」

「そう。でも助かったわ。身動きが取れなかったから。それで、内通者の目途はついているの？」

「俺は君たち魔法師の中にいると考えている。これから調べるつもりだよ」

「でも、どうやって？　尋問でもするの？」

「まさか。蛇の道は蛇ってね。建国以来、陰からも表からもこの国を支え続けてきたアルベルト一族の俺に、この国で手に入れられない情報はないよ」

さらりと怖いことを言う友人を、頼もしいと思うべきか、敵にすべきでないと恐れるべきか。複雑なところだ。

「まぁ、次の対戦では君の実力が発揮できるように舞台を整えるよ」

そう言ってアランは私の頬に触れた。

その仕草になんとなく違和感を覚える。けれどその正体を確かめる前に、背後から話しかけられた。

「セシル、知り合い？」

私の後ろからひょっこりと顔を出したチャールズに、アランが警戒する。

「君は？」

「えっと、チャールズ・マグナムです」

「ああ、マグナム伯爵のご子息でしたか」

にっこりと笑って対応しているけど、アランがチャールズを品定めするように見ていることが分かる。

「俺はアラン・アルベルト。セシルとは友人でね。彼女のことが心配で無理言って同行させてもらったんだ」

「そうだったんですね。今回はかなり危なかったから心配しますよね。僕も何度か死にかけたんですが、セシルに助けてもらって」

「そうですか。それはよかった」

チャールズはピュア度全開で対応しているだけに、アランの腹黒さが浮き彫りになっている気がする。というか、なんかアラン……機嫌が悪い？

「じゃあ、俺はこれで。セシル、またあとでね」

去っていくアランの姿を見ながら、チャールズは「いいお友達ですね」と言ってくれた。

「ええ」

「私にはもったいないぐらいの友人ですよ」

「羨ましいです」

「え？」

目を伏せて言うチャールズ。そこにはどこか暗い影があるように見えた。

私が怪訝な顔で見つめていると、彼は「なんでもないです」と笑顔で答える。

彼にもなにか事情があるのだろうと、私は特に気にもとめなかった。

◆　◆　◆

「やはり、内通者がいるか」

指揮官用のテントで、俺――アランは魔法師団の団長、副団長と話をしていた。

「敵国にとって邪魔なのはセシルです。俺が手に入れた情報が正しければ、内通者は間違いなくセシルを誘い出すでしょう。そこで殺すか、寝返らせるつもりなのかは分かりませんが、必ず接触してくるはずです」

「彼女が寝返る可能性があると、敵国は思っていると思うか？」

団長の質問にアランは苦笑した。

「セシルはずっと虐げられてきました。アーロン殿下に公衆の面前で婚約破棄までされています。それだけでも、セシルが自国に恨みを持っていると考えてもおかしくないでしょうね」

「では、あなた個人の意見として聞きます。セシルが寝返る可能性はいかほどでしょう？」

アランは副団長を見た。彼は優しく微笑みながら、静かに答えを待つ。

この副団長は、俺やブラッド殿下と同じ類の人間だ。

同族嫌悪に近い感情を、俺は彼に抱いた。

「ゼロとは言えませんが、可能性は低いでしょう。彼女にも、俺を含めて〝友〟と呼べる人間が何人かいます。この国を裏切るには、彼女には大切な者ができすぎました」

「そうですか。それは喜ばしいことですね」

副団長のその言葉が本心かどうかは、俺には分からなかった。

ただ、俺はこの国のためにセシルが戦わなければいけない理不尽さに腹も立てていた。

だからもし彼女が国を裏切るというのなら、それでも構わなかった。

彼女が望みさえすれば、自分はどちらにでも加担するだろう。

俺はもう、自覚してしまったのだ。

自分が彼女に恋をしていると。

セシルが戦場へ行っている時間は、自分が安全な王都にいることをなによりも実感させた。

そんな中、自分がセシルを想う気持ちが友人に対するそれではないと気づくまで、さほど時間はかからなかった。

「ならば、このことをセシルには伝えたのですか？」

「少々邪魔が入ったので、そこまでは。けれど問題ありません。彼女が耳につけているピアスは通信の魔道具。そのスイッチを入れておいたので、ここでの会話は彼女にも聞こえているでしょう」

先ほど俺は、彼女の頬に触れるふりをして、魔道具のスイッチを入れた。

セシルは怪訝（けげん）な顔をしていたけれど、もう俺の意図に気づいているだろう。

「では、内通者がセシルに接触するのを待つか」

「その必要はありませんよ。セシル自ら動くはずですから」

セシルは意外と忍耐力がない。

そんなまどろっこしいことをするぐらいなら、自分から内通者を誘い出すだろう。

そのほうが手っ取り早いから。

「それは少し危険じゃないか」

団長は心配そうにテントの外に視線を向けた。

「俺の部下が護衛についているので、心配はいりません。セシルには指一本触れさせませんよ」

私は一人、通信機から聞こえるアランと団長たちの言葉に耳を傾けながら、夜空を見上げて溜息をついた。

アランは私を信じて、監視ではなく護衛をつけてくれた。

その信頼を受けて、私はどう行動すべきか——

「セシル、どうしたんですか？　あまりみんなから離れると危ないですよ」

チャールズはそう言って白湯(さゆ)を持ってきてくれた。

私はお礼を言ってそれを受け取る。温かな湯気を浴びるだけで、冷えた体が温まっていく。紅茶でも飲みたい気分だけど、ここにはないので白湯(さゆ)で我慢するしかない。

「チャールズ」

「なんでしょう？」

「あなたのご家族はどんな方たち？」

「どうしたんですか、急に」

「私はね、まぁ社交界では噂になっているから知っているでしょうけど、家族とあまり仲が良くないの。幼い頃はよく魔力を暴走させていたから、仕方がないのでしょうけど。そう分かっていても寂しかった。誰でもいいから愛してほしかった。だから、アーロン殿下と婚約した時、少しは期待したの。でも、結果は散々だったわ」

自嘲気味に笑う私を、チャールズは黙って見つめる。

「なのに、君はこの国のために戦うんですか？　理不尽ですね」

「そうね」

「君を解放してあげましょうか」

優しく囁くようにチャールズは言う。

私はチャールズを見た。

彼は優しげな笑みを浮かべている。でも、その目は悲しげに揺れていた。

そんな彼を見ながら、私はどうしてだと叫びそうになるのをこらえた。

「ルストワニアなら、君をそんな理不尽な目にはあわせません」

「……内通者はあなただったの？」

「そうです。セシル、一緒にルストワニアに行きましょう」

チャールズはそう言って私に手を差し出してきた。

私はその手とチャールズを見比べる。

彼の手は少し震えていた。

「チャールズ。私ね、ずっと愛されたいと思ってた。でも、誰も愛してはくれなかった。みんなね、私を化け物として扱うの。だから私も心なんか開かなかった。虚勢を張ったわ。薔薇(ばら)のように棘(とげ)をはやして、近づいてくる相手を傷つけた。そうすることで自分の心を守ってきたの。最低でしょう。攻撃は最大の防御だと思っていたのよ。でもね、今は違う。友人と呼べる人ができたわ。そこで私は分かったの。愛されたければ、私も愛さないといけなかったんだって」

私はチャールズを見た。

「一緒には行けない。チャールズ、あなたを反逆者として捕縛させてもらうわ」

私の言葉に、チャールズは驚かなかった。

差し出した手を引っ込め、ただ悲しげに笑うだけ。

「セシル」

いつの間に来ていたのか、アランが私の名前を呼ぶ。

彼の後ろには、団長と副団長もいた。

「チャールズ・マグナム。ご同行願えますか？」

チャールズは静かに頷(うなず)くと、抵抗することなくアランが連れてきた騎士に連行されていった。

「アラン、私を信じてくれてありがとう」

「当然だろう」

その言葉が嬉しくて私は微笑んだ。

アラン、あなたは知らない。

あなたの言う当然のことが、今までの私にはあり得ないものだったと。

きっと過去の私が見たら驚くでしょうね。

チャールズが連行されてから、私たちは再び作戦行動に移った。

チャールズから聞き出したルストワニア軍の位置をもとに、奇襲作戦を立てたのだ。

ルストワニア軍が野営している場所の崖の上。

そこから私は彼らを見下ろしていた。

私の両隣には、護衛を兼ねて団長と副団長が立っている。その後ろには、数名の魔法師団員がいた。

「セシル、出番だ」

私は団長の言葉に静かに頷(うなず)き、眼下に集中する。

この一撃で、終わらせる。

私は心を落ち着かせるために深呼吸をして、魔法を放った。

それは、野営地をまるごと吹き飛ばすほどの威力を持った爆裂の魔法。

ほんの一瞬で崖の下にいた兵たちが焼失する。

「……すごい」

そう言ったのは誰だったのか。

背後にいる味方の魔法師たちは、呆然と私を見つめる。彼らの視線を感じながらも、私はまだ残っている敵を完全に殲滅(せんめつ)させるため、再び爆裂の魔法を使った。

普通の人ならとっくに倒れていてもおかしくはないほどの魔力消費量だ。そんな魔法をなんの躊躇(ため)らいもなく連発していく。

もはや勝敗は明らかだった。

ルストワニアは私一人の魔力に負けたのだ。

その光景を私は複雑な表情で見つめ、人知れず溜息をついた。


戦争は終わった。

ルストワニアに見事勝利した私たちは、王都に凱旋を果たした。

一人でルストワニア軍を殲滅させた私は英雄扱いされ、王宮へ向かう道中、平民からたくさんの声援を送られた。

そのあとすぐ王宮で開かれた裁判では、チャールズの両親がルストワニアに人質として攫われていたことが明らかにされた。彼は家族の命を盾に取られ、仕方なく内通者となったようだ。

けれど不幸なことに、彼の両親は戦争が始まると同時にルストワニア軍によって殺されていたという。

通常、敵と内通すれば死罪。

だが、彼には情状酌量の余地があるとして、少しは刑を軽くできるだろう。

アランもそうなるように動いてくれるそうだ。

もろもろの手続きや後始末を終え、休暇をもらった私は久しぶりに実家に帰ることにした。

「セシルお姉様、すごいですね」

邸に帰った私に、ヴィアンカが怯えながらもどこか誇らしげに言ってくる。

その隣には、家督を継いだ従兄のトラヴィスお兄様がいた。

彼はヴィアンカの態度に苦笑し、肩を竦める。

「お帰り、セシル」

「ただいま戻りました。トラヴィスお兄様」

「君にパーティーの招待状が来ていたけど、すべて断っておいたよ」

「ありがとうございます」

さすがはトラヴィスお兄様。気が利いている。

正直、下心が見え見えの彼らとのやり取りは疲れる。仲良くしたいとも思わないし。

英雄と大量殺人者は紙一重。

やっていることは同じでも、大義名分があるだけでこうも違うものなのね。

今まであれほど怖がって近づきもしなかったくせに、現金なものだ。

私はトラヴィスお兄様から渡された招待状の数を見て、心が冷えていくのを感じた。

「お、お姉様。今度、一緒にお茶をしませんか？　お姉様のお話が聞きたいです」

まだ若干恐怖が見え隠れするものの、目をキラキラさせながらヴィアンカが言う。

彼女は私が魔力暴走させていた頃を知らない。それでも今までずっと、怖がって近づきもしなかった。

——ああ、この感覚を私は知っている。

自分の心が腐っていく感覚だ。

愛されたいと望み、愛されるように努力をして、でも結局無駄だった。現実を突きつけられて諦めたあの時から、私の心はどんどん荒んでいったのだ。

あの時と同じ感覚が、私の心を蝕んでいく気がした。

「お姉様？」

なにも知らないヴィアンカは、こてんと小首を傾げて私を見る。

その仕草や無邪気な表情が癇に障った。

「疲れたので部屋で休みます」

「そうだね。今日はゆっくり休むといいよ」

ヴィアンカとトラヴィスお兄様に一礼して、私は自分の部屋へ入っていった。

数日実家で休んだあと、私はまた魔法師団本部での仕事に戻った。

「おい、英雄がそんなことしなくていいぞ」

「そうだよ。こういうのは俺たち下っ端に任せておけよ」

いつものように訓練の準備をしていたら、同期にそんなことを言われた。

「私も下っ端なので」

「なに言ってんだ。お前は俺たちとは違うだろ」

「俺、お前が本気で魔法を使うところ初めて見たんだけど、すごかったよ」

そう言われても、私は彼らが遠巻きに冷たい目でこちらを見ていたことを忘れていない。

「セシル、なにをしてる。早く行こう」

ルーカスに呼ばれて、私は慌てて彼のもとへ行った。

背後で不満そうな声が上がるけど、無視だ。

「ありがとう。助かった」

「いいよ。見ていて気分のいいものじゃなかった。まあでも、貴族なんてこんなものだよ」

「そうね」

社交界での付き合いが多い彼は、私よりも貴族の本質というものがよく分かっている。

あの戦いがあってから、魔法師団の先輩や同期の私に対する態度は激変した。みんな、居心地が悪いぐらいに好意的な態度を示してくれるのだ。
そんな状況に、私の心は悲鳴を上げていた。

私の異変にすぐに気づいてくれたのは、アランだった。

「このままどこか遠くに行ってしまうのもいいかもしれないね」

戦争が終わって一週間が経った時だった。

アランに食事に誘われて行くと、そんな提案をされた。

「旅行とかではなく？」

「うん、そう。知り合いが誰もいないところ。君には自由がよく似合う。貴族や王妃なんて似合わないよ」

明日の天気の話をするようにアランは言う。

「そうね。自分でも貴族社会は合わないと思うわ」

腹の探り合いにも、相手を値踏みするような視線にも、くだらないゴシップ話に振り回されるのにも疲れた。

「君は十分国に貢献した。我儘（わがまま）の一つくらい言っても誰も文句はないだろう。俺は、君が国に使い潰されるのは見たくないよ」

涙が出てきた。

どうしてアランは、いつも欲しい言葉を、欲しい時にくれるのだろう。

「ありがとう、アラン」

私は彼の言葉に背中を押され、ある決断をした。

「この国を出たいだと？」

私は陛下に謁見を申し出た。

私的なことだからと、謁見室ではなくプライベートルームを用意してもらう。

「この国になにか不満でもあるのか？」

急な私の申し出に、陛下は困惑している。

一方、私の隣に座っているブラッド殿下は、この展開をある程度予想していたのか、平然としていた。

「陛下の治世に不満などありません。ただ、私は自由に生きたいのです」

「しかし……」

「アーロン殿下に婚約破棄された時、陛下はおっしゃいました。私の願いを一つ叶えてくれると」

「そ、それは……」

まさかこんなお願いをされるとは思っていなかったのだろう。

でも、そんなことは関係ない。

「誠実な陛下のことです。まさかご自分がなさった約束を、反故にはされませんよね？」

脅しにかかる私に、陛下は深い溜息をついた。

その隣でブラッド殿下は苦笑している。

「父上。セシルは十分、役目を果たしました。もういいでしょう」

「……そうだな。相分かった。好きに生きよ」

「ありがとうございます」

それから数日後。

「準備はできたのか、セシル」

「はい」

邸のエントランスには、私を見送るトラヴィスお兄様と、なにも聞かされていないのか不思議そうな顔をしているヴィアンカがいた。

「お兄様、準備って？」

「なんでもないよ」

トラヴィスお兄様は笑顔で誤魔化し、ヴィアンカの頭を撫でる。

その扱いに頬を膨らませたヴィアンカは、答えを求めるように私を見る。

けれど私は無視した。

「しばらくご迷惑をおかけします、お兄様」

私の言葉に、トラヴィスお兄様は苦笑して首を左右に振り、私の頭を優しく撫でる。

「君は今まで頑張ってきた。だから、もう十分だろう。あとは我々に任せて好きにしなさい」

「お兄様……」

「自由に生きなさい、セシル。どこに行こうと、ここは君の帰ってくる場所だ。私は君の家族だからね。いつでも羽を休ませに来なさい」

「はい」

じんと目頭が熱くなり、涙が零れた。

トラヴィスお兄様は、そんな私を優しく抱きしめてくれる。

人の体温が、優しさが、とても温かかった。

だからこそ、少しの罪悪感がある。それでも私は決めたのだ。

「行ってらっしゃい、セシル」

「行ってきます、お兄様。この国が今回のように危機に瀕したら、どこにいようと必ず助けに参りますわ。だって、ここには私の大切な家族と友人がいるのですから」

私とトラヴィスお兄様はお互いの顔を見合わせて笑った。

——それからしばらくして、ライナス公爵家よりセシル・ライナスの死亡が発表された。死因は、ルストワニア戦での無茶な魔法使用のため、ということだった。

「セシルちゃん、こっちを手伝ってくれないか」
「はい」
「セシルちゃんがいると仕事が捗って助かるよ。魔法も使えるしね」
「本当だよ。あの時はどうしようかと本気で思ったよ。セシルちゃんがいなかったらと思うと今でもぞっとする」

身震いをするおばさんに私は苦笑する。

私は今、とても小さな村に身を寄せていた。

定住先を求めて旅をしていた時、たまたま通りかかったこの村で火事が起こっていて、私が魔法で消火したのだ。

それから後始末を手伝ったりしているうちに、この村に住まわせてもらうことになった。

行き場所がなかった私を快く受け入れてくれたこの村は、とても居心地がいい。

「ありゃ、あれは誰だ？」

畑仕事を手伝っていると、おじさんが不思議そうな顔で側道のほうを見つめる。

その視線を追って目を向けると――

「……アランっ!?」

そこには、にっこりといい笑みを浮かべたアランの姿があった。

アランは悪戯が成功した子供のように嬉しそうな笑顔で「来ちゃった」と言う。

アランが来たことには驚いたけど、彼はすぐに田舎での生活に慣れ、村人の中に溶け込んだ。

彼はもともと堅苦しいのを嫌う性格だったので、意外とここでの生活が合っているようだ。

医療方面に興味があったらしく、今は村唯一の医者として働いている。

「お腹、だいぶ目立ってきたんじゃない？」

「ええ。おかげで順調よ」

私が国を出てから一年。私のお腹にはアランとの子供が宿っていた。

ここは『男爵令嬢リリアンの恋物語』の世界。

セシル・ライナスは悪役令嬢で、彼女が決して幸せになることはない世界だ。

でも、ただのセシルになった今、私は夫と二人、とても幸せな毎日を送っている。

書き下ろし番外編

公爵夫人の後悔

これはライナス公爵夫人が公爵夫人になる前、ルシエル・リンス伯爵令嬢の時の話である。

◆　◆　◆

「……お母様」

「すごいわ、エミリア。あなたは私の自慢の娘ね」

「お母様」

「ご褒美(ほうび)になんでも買ってあげるわ」

「お母様」

「さぁ、行きましょう。エミリア。私の自慢の娘」

母は妹のエミリアを連れていってしまった。さっきから何度も呼んでいたのに、母は振り向いてくれない。私の声はいつだって母に届かなかった。まるで初めから私なんて存在しないみたいに。

貴族にとって、魔力が強いのは一つのステータスだ。一人いるだけで家門に繁栄をもたらすといわれている。

私の妹には強大な魔力があり、私には魔力がない。だから両親のすべての関心が妹に向くのは仕方のないことだ。

「ルシエルお嬢様、奥様は忙しいようですしお部屋に戻りましょう」

見かねた乳母が私の手を引いて歩き出す。でも部屋に戻ったところで、私の寂しさが紛れるわけではない。私は一人、唯一のお友達である白いウサギのぬいぐるみを相手に遊ぶ。それが私の日常。

体調を崩そうが、食事の席に来なかろうが誰も気にしない。私は空気のような存在。きっとこのまま邸からいなくなっても、死んでもあの人たちは気づかない。気づいたとしても、気にもとめないだろう。

私はなんのために生まれてきたのだろうか。

◆◆◆

「お姉様、一緒に寝てもいい」

嵐の夜、枕を持ったエミリアがやってきた。雷がなるたびに体をびくつかせて目を潤ませている。雷が苦手なのだろう。

「お父様たちのところに行ったほうがいいんじゃない？」

「いやっ。お姉様がいい。最近、お姉様とお話しできていないもの。寂しい」

その分、お父様とお母様が愛してくれてるじゃない。そう思った。そう言いたかった。

私には愛してくれる人間なんて一人もいないのに。でも、まだ三歳の子供に言っても仕方がない。私は姉なのだし、四歳も年上だから怒ってはダメ。我慢しなければ。そうしないとお父様やお母様にまた怒られてしまう。

だから本当は嫌だけど、エミリアのお願いを聞かないといけない。

「いいよ」

パァッと花が咲いたような笑みを浮かべて、エミリアは私のベッドに入ってくる。

「えへへへ」と言って私の横に寝転がったエミリアは、本当に嬉しそうだ。妹として姉の私を純粋に慕ってくれているのが分かる。きっと私が、ドロドロの汚い感情でエミリアを見ているなんて思いもしないだろう。

誰からも愛されるエミリア。それを当然のように受け入れ、自分を愛さない人間などいないかのように思っている傲慢（ごうまん）で可愛い私の妹。その純粋さを時々、私の醜（みにく）い心で汚したくなる。その細い首を力の限り握りしめたくなる。

「お姉様、だぁいすき」

私はあなたが大嫌い。

その思いは時間が流れるとともに蓄積され、体が成長するのに合わせてどんどん大きくなっていき、やがて姉妹の間に大きな溝を作っていった。

◆◆◆

パシんっ。

「っ」

十六歳、初めて父から頬を叩かれた。それは同時に、妹が生まれてから初めて父が私に触れた瞬間だった。

「今、なんと言った？」

「年を召されて随分とお耳が遠くなったようですわね、お父様。何度でも言ってやりますわ。私はエミリアが大嫌い。エミリアなんて生まれてこなければよかった」

「っ」

怒りで顔を赤くした父は、再度手を振り上げて私を殴った。それでも気が治まらなかったのだろう。何度も何度も叩き続けた。でも、私はなにも感じなかった。

ジンジンと熱を持つ頬も「やめて、お父様」と泣きながら父の腰を掴んで懇願するエミリアを見ても、蹲り、泣きじゃくる母の姿を見ても。

どこか他人事で、まるで滑稽な舞台を見ているようだった。

どうしてこうなったのか。発端は些細なことだった。でもそのことが私の癇に障ったのだ。

「羨ましい」とエミリアは私に言った。

「いいなぁ、お姉様は。お姉様は魔力がないからその分、魔法の勉強はしなくていいんでしょう。私、勉強がどうも苦手で。物覚えも悪くて、しょっちゅう先生に怒られてるんだぁ。だから魔法の勉強をしなくていいお姉様が羨ましい」

無邪気に笑いながら、私の心を鋭いナイフでめった刺しにしていく。

純粋無垢なエミリア。誰からも関心を向けられないことが、どれほど私の心を凍らせていたかあなたは知らない。

無邪気なエミリア。あなたが笑いながら家族の話をするたびに、私が疎外感を感じていることをあなたは知らない。

無知蒙昧（むちもうまい）なエミリア。幸せそうに笑うあなたたちを見るたびに、私が惨めな思いをしていることをあなたは知らないでしょう。

世界はいつだってあなたに優しくて、私には冷たかった。

社交界に行けば必ずあなたのことを聞かれるの。いつだってあなたと比べられて、いつだって私は嘲笑（ちょうしょう）の的（まと）だった。

そのたびにあなたを、私を取り巻くすべてを殺したくなる私の醜悪（しゅうあく）さをあなたは知らない。

「ルシエル、どうしてそんなひどいことを言うの。あなたもエミリアも私がお腹を痛めて産んだ、大切な娘であることに変わりはないのに」

嘘つき。

「エミリアは、あなたのたった一人の妹じゃない」

こういう時だけ私を家族扱いするのね。普段は見向きもしないくせに、どうして私がこんな行動に出ているかなんてお母様には分からない。知ろうともしてはくれない。悪いのは私。全部、私が悪い。

そうやって私を悪者にすることで、この家は回っている。歪で、醜悪で、悍ましい。

「お姉様、ごめんなさい。私、きっとお姉様の気に障ることを言ってしまったんですよね。ごめんなさい。そんなつもりじゃなかったの」

そう言って泣きじゃくるエミリアの姿は、男なら庇護欲をかき立てるでしょうね。見た目も性格も、守ってあげたくなるような姿をしているもの。

「あなたは何が悪いかも分からずに謝るのね」

だから、同じことを繰り返すことに気づかない。

「っ。お姉様……」

縋るように伸ばしてきた手を、私は叩き落とした。

いいわね。あなたはそうやって助けを求めるために伸ばした手を、当たり前のように取ってもらっていたんでしょう。

こんなふうに叩き落とされたことなんてなかったのよね。でもね、私にはそれが当たり前だった。当たり前の日常だった。

「私、知っているわ。あなたが善人だって」

でも、善人が人を傷つけないわけじゃない。

「あなたの言動にも悪意がなかったことくらい分かっているわ」

でも、だから許されるのね？

向けられた刃に、突き刺さった刃物の鋭さに傷つくのは受け手の問題？　その刃に悪意がなければ、人に向けてもいいと言うの？

傷ついたのは私が身勝手な心を持っているから？　醜い嫉妬心を妹に抱いているから？

「あなたが最高の妹だって知っているわ。姉思いで、優しくて、本当にリンス伯爵家の自慢の娘ね」

魔力を持たない私なんかと違って。

知っているわ。分かっているわ。あなたはなにも悪くない。生まれた時から優遇された環境にいたら、誰だってそう育つわ。

世界の誰もが自分を愛して当然なのだと、害意を持って近づく人間など一人もいないと、なに一つ疑うことなく育ってしまったのは両親の責任。周囲にいた大人の責任。

そして、あなたに嫉妬する醜い私の心があなたを受け入れられないのは、私の責任。

きっと、妹でなければこんなに苦しまなかった。

他人であれば、あなたが最低最悪の人間性だったならば、ここまで憎まなかった。

あなたさえ……

「妹なんて、いなければよかったのに」

妹から発せられた声にならない慟哭（どうこく）、父の怒鳴り声、母の私を責める声、すべてが私には遠い世界のように思えた。

ここに私の居場所はない。

私に、家族はいない。

すべては幻。

ただの白昼夢。

◆◆◆

「……」

私は窓辺にある椅子に座っていた。膝（ひざ）には膝（ひざ）掛けがあり、テーブルには閉じられた本があった。どうやら眠ってしまっていたようだ。

まだ夢を引きずっているのか、自分が若い頃、リンス伯爵令嬢と呼ばれていた時にでも戻ったような感覚だ。でも、あれから何十年も経っている。私は今、セシルの策略に嵌められて、夫と一緒に隠居させられた前ライナス公爵夫人だ。

「どうしてあの時の夢を」

ふと思い立って、私は引き出しにしまっている家族の肖像画を引っ張り出す。

「……セシルがいない」

どうして気づかなかったのだろうか。昔、私が喉から手が出るほど欲していた、私を愛してくれる家族。だけどその肖像画には一人欠けていた。

私は引き出しの奥にある別の肖像画に手を伸ばした。それは布を何重にも巻いて、封印していた。捨ててしまいたかったのに、どうしても捨てられなかった家族の肖像画。

何十年ぶりに見るその肖像画に、両親と妹はいたが私はいなかった。

「ああ、そうか」

私は、私が嫌悪した家族と同じことをしていたんだ。

あれほど望んだ家族を今度は私が壊した。最も嫌悪したやり方で。

きっとあの世でエミリアも嗤っていることだろう。

「無様ね」

原作＝音無砂月
漫画＝不二原理夏

1~3

大好評発売中！

闇使い
だからって必ずしも
悪役だと
思うなよ

なんかじゃ
ないっ!!

汚名返上サクセスファンタジー
待望のコミカライズ！

とある事件のせいで生涯を終えた桜(さくら)。自分の人生こんなものか……と落ち込んだのもつかの間、気づけばかつて読んでいた小説の世界に、悪役令嬢のクローディアとして転生していた！ しかも、闇の精霊王の加護を持つ彼女は人々に嫌われ、最期はヒロインに殺される運命で!? 前世でも今世でも破滅エンドなんて嫌！ なんとかシナリオを変えるべく、行動を開始したけど——？

アルファポリス 漫画　検索

B6判／各定価：748円（10%税込）

本書は、2019年6月当社より単行本として刊行されたものに書き下ろしを加えて文庫化したものです。


この作品に対する皆様のご意見・ご感想をお待ちしております。

おハガキ・お手紙は以下の宛先にお送りください。

【宛先】

〒150-6008 東京都渋谷区恵比寿4-20-3 恵比寿ガーデンプレイスタワー8F
(株) アルファポリス　書籍感想係

メールフォームでのご意見・ご感想は右のＱＲコードから、
あるいは以下のワードで検索をかけてください。

検索

ご感想はこちらから

レジーナ文庫

悪役令嬢は優雅に微笑む

音無砂月

2022年7月20日初版発行

文庫編集－斧木悠子・森順子
編集長－倉持真理
発行者－梶本雄介
発行所－株式会社アルファポリス
〒150-6008 東京都渋谷区恵比寿4-20-3 恵比寿ガーデンプレイスタワー8階
TEL 03-6277-1601（営業）　03-6277-1602（編集）
URL https://www.alphapolis.co.jp/
発売元－株式会社星雲社（共同出版社・流通責任出版社）
〒112-0005 東京都文京区水道1-3-30
TEL 03-3868-3275
装丁・本文イラスト－八美☆わん
装丁デザイン－AFTERGLOW
（レーベルフォーマットデザイン－ansyyqdesign）
印刷－中央精版印刷株式会社

価格はカバーに表示されてあります。

落丁乱丁の場合はアルファポリスまでご連絡ください。

送料は小社負担でお取り替えします。


ISBN978-4-434-30546-7 C0193